L'Ange déchu

Du même auteur
dans la collection rivages/noir :

Sylvia (n° 85)

Ce livre est déjà paru sous le titre *Mirage* en 1965 (Presses de la Cité) puis sous le titre *l'Ange déchu* en 1979 (Nouvelles éditions Oswald).

Titre original : *Fallen Angel*

27, rue de Fleurus - 75006 Paris
10, rue Fortia - 13001 Marseille

ISBN 2-86930-436-6
ISSN 0764-7786

Howard Fast

L'Ange déchu

Traduit de l'américain
par Mme Tesnières

Collection dirigée par
François Guérif

rivages/noir

Chapitre 1

L'escalier

Je vais vous conter l'histoire comme elle s'est passée, et vous pourrez vous faire une opinion. C'est tout ce que je suis en droit de demander, pour l'instant, et c'est déjà beaucoup, je crois.

Tout commença un jour de mars, par un triste après-midi pluvieux : il se produisit je ne sais quelle perturbation dans l'installation électrique de l'immeuble, et toutes les lumières s'éteignirent. Nous étions là, en plein vingtième siècle, mais aussi désemparés, aussi isolés que le fut jamais l'homme, au commencement du monde.

De mon bureau, tout là-haut au vingt-deuxième étage, je découvrais la pointe de l'île de Manhattan, la baie, le fleuve, Dame Liberté, les remorqueurs, les paquebots, les cargos, les quais. Et sur tout cela tomba la pluie ; et tout cela était gris et lugubre, dans un univers lugubre où les gens de mon espèce n'avaient guère en commun que leur désarroi.

Cette île déserte, qui venait de se créer à notre usage, ne m'amusait en aucune façon ; je ne partageais nullement le ravissement des sténos et des comptables, qui parlaient de dresser sur place un campement pour la nuit. A cinq heures sonnantes, j'enfilai mon imperméable, je mis mon chapeau, bourrai ma pipe et annonçai mon intention de partir.

– Restez donc, dit Josephson, le chef de service. Nous allons ouvrir une bouteille et nous payer un peu de bon temps.

– Comment ?

– Nous passerons une bonne petite soirée entre amis, avec une excuse à toute épreuve pour la digne épouse. Pas d'ascenseur ; rien à faire pour rentrer.

– Je ne suis pas marié, lui dis-je, et l'on me paie pour travailler de neuf heures du matin à cinq heures du soir.

– Bon Dieu ! Quelle mouche vous pique ?

Ça, je pourrais facilement vous le dire, pensais-je à part moi. La mouche en question, c'est vous, et les gens comme vous, et toute l'aimable et terrible inanité d'une vie passée dans un pareil endroit, à jouer les experts commerciaux, à écouter vos stupidités simplistes et vos simplismes stupides... ni honneur, ni vertu, bien peu de joie, et la monstrueuse, la fébrile mesquinerie de vos sales petites infidélités, parce que, comme moi, vous n'avez ni amour ni foi ; autant dire, rien. La seule différence, c'est que vous avez la chance de ne pas vous en rendre compte. Moi, si.

Tout cela je le pensais. Mais je me contentai de hausser les épaules, sans rien dire. Je quittai le bureau, je gagnai la porte de sortie, le gouffre ténébreux de l'escalier, et j'entrepris de descendre tous les étages qui me séparaient de la rue.

Tel fut le point de départ de toute l'histoire.

Au départ, tout en descendant à tâtons, j'essayais de compter les paliers. Mais, après cinq ou six étages, ils se confondirent dans mon esprit, et je fus incapable de me repérer. Ça n'avait d'ailleurs aucune importance : quand je serais en bas, je saurais que je suis arrivé, voilà tout. L'obscurité, dans cet escalier, avait des gradations. Parfois, c'étaient les complètes ténèbres ; parfois, l'ombre palpitait, lorsque quelqu'un ouvrait une porte palière pour se joindre au lent défilé ; parfois aussi, l'obscurité était traversée d'une flèche de lumière, quand on allumait brusquement une torche électrique et, parfois, c'était un frissonnant halo, quand on frottait une allumette. Mais, de toute manière, je voyais toujours devant moi la réconfortante lueur de ma pipe.

Je frôlais le mur, et le mur me guidait, comme bien d'autres, sans doute. Alors qu'au début, j'étais seul, je ne tardai pas à me rendre compte que d'autres venaient se joindre à moi, toujours plus nombreux : brouhaha de voix, toujours étrangement désincarnées, au sein d'une telle obscurité ; brusques petits éclats de rire ; cris d'effroi simulés. Le plus curieux, c'était que le simple fait de se trouver privés, pour un temps, de courant électrique, avait transformé ces gens, les avait profondément troublés. Pourtant, ils étaient tous prêts à prétendre que c'était là une vaste rigolade, rien d'autre.

Mais ce n'était pas là une vaste rigolade : le courant électrique représentait leur civilisation, et voilà qu'il leur faisait défaut. Si bien qu'à leurs rires, à leurs récriminations, se mêlait une certaine peur, une peur en quelque sorte symbolique et, en même temps, très réelle.

J'avais descendu cinq, six ou dix étages, quand ma pipe s'éteignit. Je m'arrêtai pour la rallumer. Appuyé au mur, je fouillai dans ma poche, car j'ai toujours sur moi une poignée d'allumettes-tisons. La flamme de l'allumette illumina cette partie de l'escalier, et je découvris, au-dessus de moi, à cinquante mètres à peine, l'une des filles les plus ravissantes que j'eusse jamais vues. Ravissante, pour autant que je pouvais en juger sur une impression fugitive. Apeurée aussi. Mais peut-être ni aussi ravissante, ni aussi apeurée que je l'imaginais, car elle ne m'apparut qu'un bref moment, le temps que je brûle l'allumette. En cet instant, je pus voir des cheveux lisses et noirs, d'un noir de jais, coupés court, en frange ; des yeux d'un bleu sombre, que la lueur de l'allumette rendait violets ; un nez et un menton bien modelés ; une tête arrondie, sans chapeau ; une bouche un peu grande, sensible. Image fragmentaire, en somme, et brouillée par la peur. Ephémère aussi : mon allumette s'éteignit, et je ne pus me résoudre à en frotter une autre. Je me contentai donc de tirer sur ma pipe et d'essayer de distinguer les traits de la fille, dans ce faible rougeoiement. Nous restions là sans bouger. Deux personnes se faufilèrent devant nous, mais nous ne fîmes pas un mouvement. Finalement, elle me demanda où nous nous trouvions. Sa voix était douce, modulée, avec une pointe d'accent, mais si légère, que je ne pus me faire une opinion sur son origine.

– Je me suis perdu dans mes comptes, dis-je.

Je me demandais pour qui elle me prenait. Sa voix avait cette nuance d'intimité particulière, toute naturelle, qui existe entre gens qui se connaissent bien ; jamais entre des étrangers qui s'abordent.

– Au dixième étage, je crois, dit-elle.

– C'est bien possible.

– Je voudrais continuer avec vous.

– Si vous voulez.

Elle se rapprocha et me prit le bras. Nous poursuivîmes ainsi la descente. Mon cœur jouait les marteaux à bascule, je sentais une flamme me dévorer intérieurement ; cela n'avait rien d'étonnant, somme toute, chez un homme qui, comme moi, s'était senti vibrer, brusquement, de désir et de passion, alors que, l'instant précédent, il n'avait pas conscience de vivre.

– Il y a longtemps que je ne vous ai pas vu, dit-elle. J'ai eu peur quand vous vous êtes arrêté pour frotter cette allumette. Savez-vous ce qui m'a rassuré ?

– Non... Quoi ?

Je me dis qu'on serait mieux sur le trottoir pour tirer au clair le quiproquo des identités.

– La pipe, et ce tabac malodorant. Ça m'a rappelé des souvenirs, et aussitôt, je vous ai reconnu.

– Vous êtes bien certaine de me connaître ?

– Naturellement. C'est toujours le même tabac, n'est-ce pas ?

– J'ai toujours fumé celui-là.

– Je sais bien.

Nous poursuivions la descente, étage par étage. Elle se serrait contre moi, se cramponnait à mon bras, sans rien dire. Je ne tenais pas, quant à moi, à rompre ce silence. Nous étions presque en bas, quand elle déclara qu'elle savait qui avait fait le coup.

– Quel coup ?

– Cette idée ridicule de couper le courant.

– J'ai cru qu'il s'agissait d'une panne accidentelle.

– Non... Pas possible ?

Inutile de discuter, pensai-je. Vous êtes absolument ravissante... mais un tout petit peu dérangée, semble-t-il.

– C'est Vincent, déclara-t-elle, comme si cela allait de soi.

Elle paraissait sous-entendre que nous le connaissions l'un et l'autre.

– Il s'amuse... c'est sa façon à lui de s'amuser. Où habitez-vous ?

Nous avions enfin atteint le rez-de-chaussée. Peu à peu, l'obscurité était devenue moins profonde : la grande porte bardée de plaques de cuivre, qui donnait sur le vestibule, était ouverte. Sur le dernier palier, un jour diffus, brouillé, me permit de mieux voir celle qui avait été ma compagne de l'ombre et, en même temps, ma brève passion. La passion m'avait abandonné, à présent. Je contemplais la jolie silhouette, assez menue, dans le tailleur noir bien coupé, sous un imperméable transparent, un foulard jaune autour du cou, et je ne parvenais pas à ressusciter cette passion ; je n'éprouvais qu'un sentiment de spoliation, complètement absurde.

– Vous n'avez pas changé, dit-elle. Vous n'avez ni vieilli, ni rajeuni. Vous voulez bien me dire où vous habitez ?

– Non, je ne crois pas.

– Tant pis, je saurai bien où vous trouver, si l'envie m'en prend.

– Qui est ce Vincent, qui éteint les lumières et arrête les ascenseurs ? lui demandai-je avec un sourire.

Elle me lança, en retour, un regard où luisait le même éclair de terreur que j'avais surpris à mon premier coup d'œil. Puis, sans rien ajouter, elle s'engagea dans l'escalier qui menait au sous-sol.

– Où allez-vous ? criai-je, planté là comme un idiot. Hé ! attendez un peu !

Je l'appelai à grands cris, si bien que les gens qui descendaient l'escalier et passaient près de moi pour gagner le vestibule me regardèrent curieusement. Je me lançai alors à sa poursuite. Il avait fait noir dans les étages, mais là on descendait au sein de ténèbres proprement stygiennes, dans un véritable trou d'encre, dans le noir compact. Quand se fut effacée la lueur du vestibule, je me sentis pris d'une espèce de terreur que je n'avais pas connue depuis ma petite enfance – du moins, le genre d'épouvante que l'on prête aux petits enfants dans les livres, car je n'avais aucun souvenir de mes terreurs enfantines : j'avais plutôt l'impression d'avoir connu des formes de peur très différentes, selon la nature des ombres qui m'avaient entouré. Je poursuivis, néanmoins, mon chemin.

Je frôlai une fois de plus le mur, et m'étonnai de

l'incroyable profondeur des sous-sols dans ces immeubles commerciaux.

Je comptai dix volées de marches et neuf paliers. En d'autres termes, cinq étages, depuis que j'avais quitté le rez-de-chaussée. Et je ne voyais toujours aucun signe de la fille. Rien ne me laissait entrevoir, non plus, que je fusse près du fond. Pas une lueur, pas un son. J'avais déjà le pied sur la première marche de la volée suivante quand je haussai les épaules et renonçai à ma poursuite.

Je remontai jusqu'au vestibule, en me disant : « Le diable l'emporte ! » et gagnai la rue pour rentrer chez moi.

Chapitre 2

La rue

Mais mon retour, fatalement, devait être retardé, ne fût-ce qu'à cause de la foule qui s'était répandue dans la rue, la rue luisante de pluie, miroitante déjà des lumières du soir. En cet endroit, presque au bout de la ville, Broadway n'est pas bien large ; quand la voiture de Police-Secours vint se ranger le long du trottoir, en même temps que quatre voitures radio et une ambulance, la circulation fut carrément bloquée – et cela caractérise bien les méthodes des flics qui ne se servent pas de leur tête, mais se contentent d'accumuler le matériel, selon la bonne vieille tactique militaire.

Je me frayai un chemin à travers le groupe de badauds, vers l'endroit où l'on avait étalé un drap ; j'entendis cette réflexion :

– Il n'a pas eu la patience d'attendre l'ascenseur.

Je m'avançai encore un peu, vis le corps et songeai : la plaisanterie est de bien mauvais goût. Aucun respect pour la mort, et guère plus pour la vie. Je me sentais envahi d'une haine tout à fait disproportionnée pour l'homme qui avait lancé cette blague, et d'une tristesse aussi, devant celui qui gisait là, dans la rue, sous le drap taché de sang.

A contempler cet homme qui était mort d'une mort de citadin, dans l'horreur indicible d'une chute vertigineuse, du plongeon irrésistible vers le ciment meurtrier, on ne pouvait s'empêcher de partager l'ultime terreur de ses derniers moments. Aucune mort, pensais-je, n'est pire que celle-là, aucune fin plus effrayante. Et sa souffrance avait été si terrible qu'il me fallait m'arrêter là un moment pour y compatir, comme si sa brève agonie le reliait par un cordon ombilical à toutes les créatures humaines. Je ne voudrais pas donner l'impression que je dramatisais la situation, que je faisais de cet homme une espèce de martyr ; je le voyais plutôt comme un névrosé, un angoissé, qui, pris au piège de l'obscurité, tout en haut de l'immeuble, et se sentant assailli par une nuit toujours plus dense, avait été pris de panique, dans ce monde sans lumière, sans agitation, sans ascenseurs, car il s'était retrouvé face à des problèmes qui étaient siens, mais devant lesquels, jusqu'alors il s'était toujours dérobé.

Point n'était besoin de fouiller plus avant dans l'âme de ce malheureux ; je regardai autour de moi la foule d'hommes et de femmes, sortis pour la plupart, quelques instants plus tôt, de bureaux en tout semblables au mien, et je vis passer sur leurs visages le reflet de l'angoisse que le mort avait dû éprouver ; désemparés, ils étaient descendus à travers les ténèbres, et lui, il avait fait le saut, mais tous, nous ne faisions qu'un dans notre étrange solitude. Dans un univers où tant de questions demeuraient sans réponse, nous représentions une énigme, mais une énigme de médiocre intérêt.

Je jetai encore un coup d'œil sur la forme disloquée du cadavre : son genou faisait un angle bizarre qu'un genou normal ne pouvait reproduire ; sa tête ne se dressait plus sur ses épaules avec l'orgueil d'une race montée trop haut et trop vite, elle était fracassée, méconnaissable ; la forme inerte sous le linceul reposait au milieu de ruisseaux de sang. Je n'en pus supporter davantage : je le laissai aux mains des zélés fonctionnaires municipaux, en blouses blanches ou combinaisons bleues, qui s'agitaient avec tant d'ardeur autour d'un homme qui n'avait plus besoin d'eux, et qu'ils ne pouvaient ni secourir, ni arrêter.

Je traversai Broadway et j'entrai dans la longue salle étroite du bar de Jimmy White ; je commandai un double bourbon et je l'avalai, pour apaiser les spasmes de mon estomac. Le bataillon de nuit formait les rangs, en quête, après un tel choc, de réconfort liquide : c'étaient les hommes éternellement jeunes, éternellement dépourvus de passion, qui avaient mon âge, ma silhouette, mon visage, mes vêtements ; ils absorbaient vivement quelques verres, pour retarder un peu leur joyeux retour au foyer ou, tout au moins, le rendre un peu plus supportable. Je les écoutai parler : drôle d'histoire ! un homme avait fendu l'air, en un vol bref et terrifiant, pour venir s'écraser à leurs pieds, mais nul ne savait qui il était.

– Une fois – c'était en septembre dernier – j'étais drôlement blindé, racontait l'un. Je me trouvais chez Bernie Jason... Alors je me suis mis à la fenêtre et j'ai laissé tomber une pastèque dans la rue.

– Pour quoi faire, bon sang ?

– Pour entendre le bruit que ça ferait. Tu n'as jamais eu envie de savoir quel bruit ça faisait ? Tu l'as entendu, tout à l'heure ?

– Vous êtes descendu à pied de là-haut ? me demanda Jimmy White, d'une voix douce, onctueuse, qui est le propre des tenanciers de bars.

– Ouais.

– Un autre ?

– Non, ça suffira.

– C'est pas une purge, fit-il en souriant.

– J'ai dit que ça suffisait. Inutile de me faire l'article.

– Bon, bon, fit-il, toujours souriant, en plaquant ses mains sur le bar. C'est bon, n'en parlons plus.

Et, pour la première fois, l'idée me vint que ce colosse était un inverti et que, par-dessus le marché, il me faisait du gringue. Je pivotai sur mes talons et gagnai la porte. Je venais de la franchir, quand, de l'autre côté de la rue, les lumières se rallumèrent toutes ensemble, d'un seul coup, de sorte que des centaines de fenêtres jaillirent de l'obscurité comme autant de joyaux. Le corps n'était plus là, la foule s'était dispersée. Seule, demeurait la voiture de Police-Secours, et un homme casqué et vêtu d'un imperméable qui lavait le trottoir à grande eau avec une lance d'arrosage.

Quelle rapidité, quelle efficacité, pensai-je. Quand la municipalité s'occupe de quelque chose, elle s'en occupe bien... Et j'essayai de concentrer mon intérêt sur la soirée. Comme d'autres soirées, il fallait la passer. Il fallait la mener à sa fin, pour que revînt le matin ; alors, je pourrais me rendre au bureau, pour en arriver finalement au moment où, de nouveau, il me faudrait affronter la soirée. Pourquoi en était-il ainsi ? Je m'efforçai de ne pas y songer. Le double bourbon calait efficacement le sandwich qui avait constitué tout mon déjeuner ; l'alcool se répandait dans mes doigts, dans ma tête, il me donnait du courage pour faire face à l'épouse, au foyer que je ne possédais pas. J'avais faim, à présent ; mais il est peu de choses qui me déplaisent plus que le dîner solitaire au restaurant ; et la perspective familière d'un livre, d'un ou de deux sandwichs et d'une carafe de lait, dans mon studio, n'avait rien pour m'attirer, dans l'état d'esprit où je me trouvais.

Quelque part, dans le passé, j'avais éprouvé ce même sentiment : ce besoin d'une présence amie devant la mort – non point celle des individus anonymes et si souvent sans visage, qui me coudoyaient dans la rue ou qui, dans le bar derrière moi, levaient le coude en échangeant des considérations profondes sur leurs expériences personnelles ; mais celle d'un être humain, très proche, que j'aimerais et qui m'aimerait aussi, et qui réduirait à néant la théorie selon laquelle je n'avais besoin de personne. Car c'était bien, chez moi, un principe, une profession de foi : j'aurais pu poser pour une photo représentant « l'homme sans attache ». Mais, pendant un court instant, j'eus envie de renoncer à mes principes. Je restai là, à observer l'immeuble d'en face ; je m'attendais presque à voir surgir la fille aux cheveux noirs et au foulard jaune. Je me montais tout un gentil petit scénario, qui racontait par le menu tout ce que nous allions faire avant de nous mettre au lit, au petit matin, gais sans être ivres... et même si elle était un peu cinglée, qu'est-ce que ça pouvait fiche ?

Je traversai la rue et pénétrai dans l'immeuble. A cette heure-là, la grande porte intérieure, bardée de cuivre, qui donnait sur le hall et la cage de l'escalier, était fermée. C'était une porte des plus banales : on en voit des centaines comme celle-là dans les immeubles new-yorkais. A la hauteur de la taille, il y a une barre, sur laquelle on appuie pour ouvrir.

J'ouvris la porte et entrai. La cage de l'escalier était convenablement éclairée : à droite, vers le haut, en face, vers le bas, et encore à droite. Comme dans la plupart des immeubles. Je descendis. Une demi-volée de marches, un palier, un tournant à droite, une autre demi-volée. C'était tout. Je me trouvais au sous-sol. L'escalier s'arrêtait là.

La descente était terminée. Je contournai l'escalier. D'un côté, c'était le mur de soutènement de l'immeuble ; puis une vaste cave, encore des murs, des couloirs, une resserre... mais plus de marches. Finalement, je revins au pied de l'escalier, m'arrêtai, me contraignis à sourire. Je m'exerçai à sourire pendant un bon moment, et parvins tant bien que mal à apaiser les frissons qui couraient le long de mon échine. Après quoi, je tirai ma pipe et l'allumai. J'aspirais les premières bouffées, quand survint le concierge, ou l'adjoint du concierge, à moins que ce ne fût le pompier de service, ou le gardien, ou je ne sais qui. C'était un colosse roux, au visage et aux mains tachés de graisse, dont le regard me parut aimable.

– Vous êtes de l'assurance ? demanda-t-il.

– Non.

– Alors, qu'est-ce que vous désirez ? Vous êtes flic ?

– Non, je ne suis pas flic, répondis-je, d'une voix que je m'efforçais de garder calme et ferme. Pendant la panne d'électricité, je suis descendu à pied, j'ai dépassé le rez-de-chaussée par mégarde et j'ai perdu mon briquet quelque part, par ici. Pourtant j'ai l'impression d'avoir descendu plus de deux étages à partir du rez-de-chaussée...

– Vous voyez comme on se trompe ! déclara-t-il d'un ton bref.

– En effet. Mais je me demandais si quelqu'un avait retrouvé mon briquet.

– Ecoutez-moi, m'sieur, fit le rouquin, on n'a rien retrouvé du tout. Faites-nous un procès. Le dernier des commis dans cette baraque a l'intention de nous traîner en justice, alors autant vous mettre de la partie, vous aussi. Moi je travaille ici, c'est tout. Je me fous de votre briquet. Mais vous feriez bien de les mettre... on a déjà assez d'embêtements comme ça !

– Ne vous emballez pas.

– Et puis merde !

Je remontai jusqu'au vestibule. Il n'y avait qu'un

ascenseur en fonctionnement. Joe Turtle était de garde, et, quand je débouchai de l'escalier, il était en train d'installer pour la nuit son petit pupitre, avec le registre. Joe Turtle devait avoir entre cinquante et cinquante-cinq ans. C'était un petit homme ratatiné, aigri, qui n'avait fait que tremper ses lèvres à la coupe de la vie et lui avait trouvé un goût amer. Mais je l'aimais bien, parce qu'il était digne, sans être revêche, et il avait de la sympathie pour moi, parce que je ne lui témoignais jamais de condescendance et le traitais d'égal à égal.

– Bonjour, Joe, fis-je en le saluant d'un signe de tête. Quelle soirée, hein ?
– Comme vous dites !
– Qui est donc ce charmant rouquin, au sous-sol ?
– Un des employés. Il a été désagréable ?
– Je lui ai dit que j'avais perdu un briquet, dans le noir, et il m'a répondu merde.
– Il y a trop de flics dans les parages. Quand ils sont trop nombreux, ça vous rend nerveux. C'est normal, n'est-ce pas ?
– Pourquoi tous ces flics ?
– Parce que ce pauvre idiot qui a plongé du vingt-deuxième étage, c'était quelqu'un d'important.
– Qui c'était ?
– Secret d'Etat. Je ne sais pas qui c'était, mais il y a là-haut une demi-douzaine de poulets, du genre gradés en civil. Le chef de la police est là-haut aussi, avec deux gars, genre intellectuels, du ministère de la Justice, aux lunettes cerclées d'acier, vous voyez ce que je veux dire ? Il y a aussi des journalistes... et, tenez, jetez un coup d'œil !

Il me désignait le registre ouvert. J'y lus le nom du maire.
– Une huile, fit Joe Turtle, en hochant la tête. C'est

le premier suicide qu'on a dans l'immeuble, depuis 1932. Peut-être un meurtre.

– En tout cas, dis-je, j'avais autre chose à vous demander. Je voulais savoir si vous connaissiez une jolie fille, aux cheveux noirs et aux yeux bleus, le visage plutôt rond, de taille moyenne. Elle portait un tailleur noir, un foulard jaune vif, et sur le tout, un de ces imperméables transparents. Vous l'avez sûrement remarquée. Je veux dire que, si vous l'aviez vue, vous vous souviendriez d'elle, parce qu'on ne peut pas s'empêcher de la regarder.

Il secoua la tête.

– Vous êtes sûr ?

– Si je l'avais vue, je m'en souviendrais, pas vrai ?

– Oui, sans doute.

A ce moment entrèrent deux policiers en civil.

– Vingt-deuxième étage, dit l'un.

– Il faut signer le registre.

L'homme fit voir son insigne, mais Joe Turtle hocha la tête.

– Il faut signer le registre. Le maire a bien signé, vous pouvez en faire autant.

– Allez, signe ! dit l'autre policier.

– A bientôt, dis-je à Joe.

Et je sortis dans la rue.

Chapitre 3

Le journal

Je pris le métro au carrefour Broadway-Lafayette, comme d'habitude, et demeurai plongé dans mes pensées jusqu'à ce que la rame eût atteint le croisement de la Troisième Avenue et de la 53ᵉ Rue.

Je repensais aux quelques heures qui venaient de s'écouler, en réordonnant avec soin chaque moment, chaque intervalle. Une série d'événements s'était déroulée ; une autre série d'événements ne s'était pas déroulée. Je me trouvais dans le métro, et tout était normal : le bruit, le mouvement, la poussière, la lumière, l'obscurité, les gens. Il était à présent huit heures passées, de sorte qu'il n'y avait pas grand monde ; mais, compte tenu de l'indéniable, de l'effroyable bizarrerie de notre époque, les gens que je voyais autour de moi étaient normaux, ordinaires, convenables. Ils étaient là, je les voyais, mes yeux ne me trompaient pas. Je voulus contrôler le témoignage de mes propres sens et passai en revue mes compagnons de voyage. Une femme d'âge mûr, chargée de paquets ; elle allait jusqu'à Queens. Deux ouvriers fatigués, avec leurs blousons de cuir et leurs gamelles. Une fille d'une vingtaine d'années, simplement vêtue mais avec élégance, si bien qu'on en oubliait sa laideur : jupe noire bien coupée, petite veste verte sur un chemisier blanc, et imperméable transparent, pareil à celui que j'avais vu un peu plus tôt. Un Noir, avec une fillette de six ou sept ans qui dormait dans ses bras : il la tenait avec tant de douceur et d'amour que l'image se grava dans ma mémoire, en traits douloureux, comme toujours quand ma solitude côtoyait une telle tendresse. Un ivrogne, endormi, parfaitement immobile. Enfin, une blonde un peu mûre, frisée, lustrée, pomponnée de la tête aux pieds, un visage pétrifié sur un corps replet. Avec ça, on pouvait percevoir l'atmosphère du wagon où je me trouvais : elle était normale, banale.

Je vivais en un monde où tout était normal, ordinaire, stable. Mais, quand on présentait devant ce monde un genre particulier de miroir, l'image n'était plus ni normale, ni ordinaire, ni stable. La seule conclusion à laquelle je parvins, ce fut que, pendant un moment, je m'étais trouvé pris dans un tel reflet. Ça n'avait guère de sens, mais je ne pus découvrir d'explication plus rationnelle.

Quand j'émergeai dans la Troisième Avenue, la pluie avait cessé ; les trottoirs étaient encore mouillés, mais la nuit était chaude, d'une chaleur lourde. La toute première édition du *News* venait de sortir, et, sur le rose vif de la première page, s'étalait la photo de l'homme couvert d'un drap qui avait plongé dans la mort. Son nom n'était plus un secret d'Etat : le gros titre annonçait à un monde plus ou moins indifférent que Charles Calvin s'était suicidé. J'achetai le journal.

J'étais là, devant le bar qui fait le coin de la Troisième Avenue et de la 53e Rue, et le souvenir me revint d'un incident qui s'était passé à cet endroit précis, environ un mois plus tôt. A l'époque, les rues étaient un marécage de glace et de neige fondue. Ce soir-là, je rentrais tard. J'allais atteindre le coin quand un vieux sortit du bar, fit un pas, glissa et s'étala de tout son long ; sa tête alla donner contre le trottoir avec un bruit inquiétant. Il gisait là, dans le rougeoiement de l'enseigne au néon, la bouche ouverte, les yeux vitreux, le visage d'une pâleur sans espoir. Des gens passaient, sans même tourner la tête. Je me penchai, le soulevai légèrement, et j'eus le sentiment qu'il se mourait. Quelle pitié, pensai-je, que ce vieux mourût ainsi, dans le froid et la neige fondue, sans personne pour se soucier de lui ou verser une larme sur la banale et terrible tragédie de sa fin ! Mais je participais, moi aussi, à l'indifférence générale : je m'éloignai, sans même savoir s'il allait mourir ou survivre, détaché que j'étais du vaste courant de vie dont tous les hommes devraient être solidaires... pour que leur existence ait une quelconque signification.

Je revoyais cet incident, ce soir, et il semblait, à cause de l'état d'esprit particulier dans lequel je me trouvais, avoir une raison, une importance précises ; mais j'avais beau faire, je ne parvenais pas à dégager cette importance. Je mis le journal dans ma poche, gagnai Lexington Avenue et tournai vers le sud. Il y a là un endroit où l'on sert de bons hamburgers. J'entrai, m'assis au comptoir, commandai deux hamburgers à point et du lait, et me mis à lire le compte rendu, tel que le présentait le *Daily News.*

Les faits n'étaient pas nombreux et il n'y avait pas grand-chose à en tirer. Le héros du drame était, lui, beaucoup plus intéressant. D'après le *Daily News*, la panne de courant s'était produite à cinq heures moins dix, pour une cause encore inconnue. A cette heure-là, Calvin se trouvait dans son bureau, qui donne sur Broadway ; il venait de dicter une lettre à sa secrétaire. Il semblait qu'on n'attachât aucune importance à cette lettre ; elle devait pourtant être importante, adressée qu'elle était à un personnage des plus considérables : au président des Etats-Unis. La lettre répondait à une série de questions que le président avait posées à Calvin, à propos des armes atomiques, et Calvin avait dicté sa réponse d'après des notes qu'il avait rédigées pendant la plus grande partie de l'après-midi. Le journal ne donnait pas la teneur de la lettre de Calvin, mais la secrétaire avait déclaré que, lorsqu'elle l'avait quitté, il paraissait en bonne forme, bien qu'il eût été un peu déprimé dans le courant de l'après-midi. La panne de courant ne l'inquiéta nullement : son bureau était éclairé par de nombreuses fenêtres et il ne lui vint pas à l'esprit que les ascenseurs pouvaient être en panne. Il dit à sa secrétaire d'emporter la lettre à taper chez elle, afin qu'il pût l'avoir à la première heure, le lendemain ; il l'a autorisée à partir tout de suite ; il voulait quant à lui, rester encore un moment, pour revoir le projet d'une affaire.

Cinq heures avaient sonné depuis quelques minutes ; tout le monde avait quitté les bureaux, hormis la secrétaire, Calvin et son associé. Elle avait tout juste eu le temps de regagner son propre bureau et de mettre en ordre quelques papiers, quand elle entendit un cri : venait-il du bureau de Calvin, ou de l'extérieur ?... elle ne put le discerner. Elle revint précipitamment chez Calvin et, presque aussitôt, l'associé de celui-ci, Bronson Gilcuddy, y entra par une autre porte. Le bureau de Gilcuddy, tout comme celui de Calvin, donne sur Broadway, et c'est par la porte de communication que Gilcuddy était entré. Une fenêtre était grande ouverte ; ensemble, la secrétaire et l'associé se penchèrent. Ils purent tout juste distinguer, dans le crépuscule, la tache que faisait en bas le corps disloqué. La secrétaire se rappelait qu'elle s'était mise à pleurer. Gilcuddy avait titubé jusqu'à un fauteuil et s'y était laissé choir, la tête dans les mains, en murmurant : « Oh, mon Dieu, mon Dieu, mon Dieu ! »

Le journal mettait tout particulièrement l'accent sur le choc terrible qu'avait éprouvé Bronson Gilcuddy. Dans la profession, on le considérait comme un homme aux nerfs d'acier ; et le fait qu'à l'arrivée de la police, il eût été en train de sangloter dans un fauteuil ne manqua pas d'être remarqué. Il serrait entre ses doigts le briquet en [illegible] dont il avait fait cadeau à Charles Calvin, du temps de leur jeunesse, à la signature de leur premier contrat d'association. On avait retrouvé le briquet par terre, près de la fenêtre par laquelle était tombé Charles Calvin.

On évoquait Damon et Pythias, pour parler de l'exceptionnelle amitié qui liait ces deux hommes mûrs et arrivés. L'auteur de l'article précisait que Bronson Gilcuddy n'avait dominé son émotion qu'à l'arrivée de Joyce Calvin, la fille du mort. Comprenant qu'elle avait besoin de son soutien, Bronson Gilcuddy l'avait serrée dans ses bras, sans plus songer à sa propre douleur, et, en langage de journaliste, son visage avait exprimé la farouche détermination de poursuivre impitoyablement quiconque avait trempé dans ce crime – si crime il y avait.

Joyce Calvin s'était montrée admirable dans l'épreuve. Sa mère, brisée par l'émotion, n'avait pas paru, mais la jeune fille, l'une des héritières les plus en vue de la ville, s'était comportée de bout en bout avec courage et dignité.

C'était à peu près tout, pour ce qui concernait les faits. Sachant que le maire était un ami de Calvin, la secrétaire avait eu la présence d'esprit de l'appeler en premier lieu ; après quoi, elle avait averti la fille de Calvin et son beau-frère. La présence des policiers s'expliquait évidemment par le fait que Calvin était une personnalité en vue, car le *News* soutenait la thèse du suicide. Il soulignait toutefois que le suicide de Calvin était le dernier d'une longue liste, car plusieurs hautes personnalités américaines avaient connu la même fin.

« Dans la carrière de Charles Calvin, disait le journaliste, un fait est frappant : il n'avait occupé, depuis la guerre, aucun poste gouvernemental et il avait refusé plusieurs missions particulières. On peut affirmer qu'aucun homme d'Etat en Amérique n'était l'objet d'une aussi grande et unanime considération. Surnommé « le dernier des Romains », Charles Calvin avait la réputation parmi ses amis, comme parmi ses adversaires, d'être un incorruptible. De lui La Guardia disait : « Il a les traits de Lincoln et l'esprit de Jefferson. » Certains pourront discuter ce jugement, mais on reconnaissait généralement qu'il était le seul à pouvoir remplacer Wendel Willkie. Cependant, contrairement à Willkie, il se gardait de toute attache partisane. On laisse néanmoins entendre, dans certains milieux, qu'il envisageait un retour à la vie publique... »

Tout cela, je le savais déjà, sans avoir besoin que le *News* me le rappelle. Je passai à l'examen de son visage, le visage soucieux d'un homme qui frise la soixantaine. On pouvait, à la rigueur, lui trouver une certaine ressemblance avec Lincoln, mais elle avait moins d'importance que l'expression troublée, honnête, perplexe, que l'on discernait même sur la photo. Etait-il donc comme moi, complètement, désespérément solitaire ? me demandai-je. Il avait pourtant une vie de famille : une femme, une fille. Que représentaient-elles pour lui et lui pour elles ? Quand pourraient-elles se délivrer du souvenir de cet ultime et terrible plongeon ? Mais peut-être s'en étaient-elles délivrées ? Qui pouvait savoir ? Que savait-on, après avoir lu ces articles ?

Je parcourus le journal. Quelques lignes plus bas, on parlait d'un millier de femmes et d'hommes tués au cours d'un raid aérien sur Shangai. C'était sans importance : l'affaire de Chine était déjà pratiquement réglée.

Je payai l'addition et sortis, pour regagner mon appartement. Une pluie fine tombait de nouveau. Je songeais au whisky bien tassé que j'allais boire en rentrant. Après quoi, je me mettrais au lit avec un livre, afin d'oublier les rêves qu'on fait tout éveillé.

Mais Charles Calvin ne se faisait pas aussi facilement éliminer. Il s'accrochait à moi, tandis que je marchais sous la pluie. Sans cesse, il recommençait sa chute, et je le regardais tomber. Je le voyais... au début, il avait l'air d'un oiseau, il en avait toute l'aisance, et toute la grâce... mais il devenait ensuite l'homme qui tombe dans le vide, une grimace de terreur le défigurait, transformait ce visage yankee, long, osseux, qui faisait notre envie, notre admiration à tous, et qui représentait aussi notre culture. Je pensais donc à lui, tout en marchant, et je méditais sur sa grandeur.

Les grands sont ainsi chez nous. Ce sont des silencieux, qui se tiennent à l'écart et laissent à d'autres les ovations et les imprécations. Son nom n'avait pas de signification particulière, mais était, pour l'Amérique, un nom tout à fait approprié. Charles Calvin. C'était bien le nom qu'il fallait à un tel homme. Les gens allaient lire ce nom, le récit de sa mort, et ils ignoreraient ce qu'ils avaient perdu... un Lincoln ou un Roosevelt, ou bien un Calvin, qui représentait davantage, peut-être, que les deux précédents. Tel était, du moins, mon sentiment. Mais que savais-je au juste de Charles Calvin ? Etait-il proche du cœur de ces milliers d'êtres... qui n'avaient jamais su à quel point il était proche d'eux ? Pleureraient-ils sur lui ? Cette perte me concernait-elle, moi aussi, et pleurerais-je sur lui également ?

Je n'en savais rien. Tout ce que je savais, c'était que quelque chose de grand, d'essentiel, venait de disparaître. Sa mort m'emplissait d'une tristesse et d'une crainte étranges. Et, tout en regagnant mon logis, sous la douce pluie de printemps, je revoyais sans cesse sa chute dans le vide.

Chapitre 4

L'émissaire

J'entrai dans mon appartement et j'y trouvai ce type qui m'attendait, assis dans l'unique fauteuil confortable. Il fumait l'un de mes petits cigares, et son visage exprimait une impatience enfin apaisée, qui renoua tous les fils ténus de mon cauchemar, à l'endroit précis où je les avais tranchés. Mais à présent, j'avais peur.

J'habitais un petit immeuble sans ascenseur, dans la 51e Rue, entre la Deuxième et la Troisième Avenue. C'était une vieille maison en pierre de taille qu'on avait aménagée en studios. Il y en avait deux par étage ; le mien était au premier, sur cour. Il comprenait une vaste pièce, de six mètres sur sept, avec une cheminée qui ne tirait pas mal, une minuscule cuisine et une salle de bains guère plus grande ; mais c'était un appartement confortable, et bien des gens qui vivaient seuls, auraient été contents de l'avoir. Je couchais dans un lit qui se transformait en divan, quand je n'étais pas trop paresseux pour le faire, et je possédais quelques bahuts, quelques fauteuils et une belle table rustique.

A part le lit, j'avais trouvé les meubles chez des brocanteurs de la Deuxième et de la Troisième Avenue ; aucune pièce n'était très rare ni très chère, mais le tout faisait un ensemble agréable. J'avais accroché aux murs quelques gravures encadrées, placé quelques livres dans une vieille bibliothèque. Telle quelle, la pièce répondait à tous mes besoins.

Mais je ne l'avais jamais autant admirée qu'à présent. C'était mon visiteur qui éveillait en moi cette admiration pour mon intérieur : je pensais à quel point les lieux étaient plus attrayants sans lui. De là à me demander si le monde dans son ensemble ne serait pas plus attrayant sans lui, il n'y avait qu'un pas... Ces deux pensées procédaient d'une haine virulente, meurtrière, pour un homme que je ne connaissais ni d'Eve ni d'Adam.

C'était la suite logique de la journée. Aussi ai-je beau m'efforcer d'être rationnel, je ne parviens pas à exprimer la vérité précise. La vérité, c'est que je le haïssais sans aucune raison valable, sinon que je venais de le trouver chez moi. Ma haine n'avait aucun motif concret : ni son aspect, ni ses manières, ni le fait qu'il fumait un de mes cigares. Non, c'était lui, simplement, tout ce qui faisait de lui ce qu'il était, tout ce que je savais de lui, sans vouloir l'admettre, même en mon for intérieur – parce qu'il était impossible que je sache quoi que ce fût. Tout ce qui faisait de lui un salaud, un infâme salaud.

Il avait à peu près ma taille, c'est-à-dire près de 1,80 m – je m'en rendis compte un peu plus tard, quand il se leva – mais il était plus mince que moi. Son âge ? entre quarante et cinquante ans, je ne pourrais préciser davantage. Il était gris : tempes grisonnantes, peau luisante et grise, costume gris sous un imperméable gris qu'il n'avait pas ôté. Un chapeau gris était posé près de lui, sur la table. Ses yeux étaient d'un bleu délavé et il n'avait littéralement pas de lèvres. Son visage était sans expression, comme celui d'un animal, et sa tête petite était posée sur un cou épais et musclé.

Il semblait composé d'éléments disparates : on

avait l'impression de le voir dans une glace légèrement ondulée. Je me sentais le cœur soulevé de haine. De peur, aussi : depuis l'instant où je l'avais aperçu, il m'avait fait peur. A vrai dire, j'étais d'un calme étonnant, anormal, et tout en me débarrassant de mon imperméable, je lui demandai comment il était entré. Mais ce calme faisait également partie de ma peur : les gens deviennent terriblement calmes, quand ils ont terriblement peur... certains, du moins.

– J'ai crocheté la serrure, dit-il.

Sa voix était basse, confidentielle.

– Pourquoi ?

– Il fallait que je vous parle. Je ne pouvais pas attendre dans le vestibule. Ni rester dehors, sous la pluie, pas vrai ?

– Pourquoi pas, nom de nom ?

– Sous la pluie ?

Il prit un air choqué, surpris, blessé.

– Fichez-moi le camp ! lui dis-je.

Ma curiosité s'éveillait, mais je ne tenais pas à la voir satisfaite.

— Fichez-moi le camp ! Fichez-moi le camp, bon Dieu !

– En voilà des manières ! protesta-t-il. (Sa bouche grotesque, sans lèvres, s'étirait en un sourire.) J'aime bien les petits cigares, reprit-il.

– Allez-vous-en !

– Pourquoi vous montrer si grossier ?

Ce ne fut pas seulement l'incongruité de son apparence et de ses paroles, mais aussi la lenteur, la précision de son élocution, qui attisèrent ma rage. Il s'en rendit peut-être compte, car il ajouta vivement :

– C'est Vincent qui m'envoie.

– Qui ?

– Vincent, répéta-t-il, en souriant de nouveau.

Il prononçait ce nom avec une satisfaction en tous points répugnante.

– Vincent comment ?

– Vincent, répondit-il, avec une espèce de petit rire.

Il tirait sur le cigare, tout en levant vers moi un regard presque timide.

– Le roi de Siam vous enverrait que je m'en foutrais quand même... Fichez le camp !

Il posa soigneusement le petit cigare sur un cendrier. Finis les sourires et les ricanements étouffés. On ne peut dire qu'il changea d'expression : son visage, depuis mon entrée, n'avait jamais été qu'un masque grisâtre ; mais les petits mouvements de la bouche et de la gorge, qui produisaient les sourires et le rire, cessèrent. Il enfonça une main dans la poche de son imperméable et en sortit un gros automatique menaçant qu'il posa sur ses genoux, la main sur la crosse, le doigt sur la détente. Après quoi, il leva les yeux vers moi, qui me tenais debout en face de lui, hocha gravement la tête et dit, comme s'il répétait une leçon curieusement apprise :

– Il faut obéir à Vincent, sinon je vous tue.

Sans aucun doute, il allait le faire. C'était un fou ; la question ne se posait même pas. La seule question qui me vint à l'esprit, celle qui m'avait obsédé toute la soirée, c'était de décider si, moi aussi, j'étais fou, ou si je ne l'étais pas, étant donné les événements que j'ai relatés ici même. Je ne rêvais certainement pas ; le rêveur peut se demander s'il est éveillé, mais personne, étant éveillé, ne peut réellement se croire endormi, et je ne le croyais pas. J'étais éveillé. Je n'avais pas bu, je me sentais désorienté, perplexe, mais je n'avais plus peur. Fou ou non, je me sentais entraîné par les événements ; et le gros pistolet posé sur les genoux de ce type m'empêchait pour l'instant d'interrompre leur déroulement. Une alternative demeurait : ou bien laisser les choses suivre leur cours, ou bien mourir. Je n'avais aucune raison de mourir et grande envie de continuer à vivre ; je laissai donc les choses suivre leur cours. Toutefois, je lui demandai, avec tout juste un soupçon d'espoir, pour qui il me prenait.

– Oh, je sais très bien qui vous êtes, fit-il en hochant la tête. Vincent aussi le sait. Nous le savons tous. C'est pourquoi vous devez faire ce que veut Vincent.

– Et que veut Vincent ?

– Il veut que vous partiez.

– Pourquoi ?

– Vous le savez bien. Vous n'auriez pas dû vous trouver là-bas. Au vingt-deuxième étage. A poser des questions. Vous savez très bien pourquoi Vincent veut que vous partiez. Naturellement, que vous le savez.

– Et qui est Vincent ?

– Elle est bien bonne ! dit-il, la tête rejetée en arrière. Elle est bien bonne. Vincent trouvera ça drôle.

– Comment vous appelez-vous ?

– Comment je m'appelle ? répéta-t-il. Vous me posez sans cesse des questions, alors que vous ne devez pas en poser, vous le savez.

Je m'assis. Il avait allumé une lampe près du fauteuil dans lequel il était installé. J'attirai vers la lumière une petite chaise à dossier droit et m'assis. J'étais calme, remarquablement, anormalement calme, mais j'avais de plus en plus mal au cœur. J'avais l'impression d'être sur le point de succomber au mal de mer : j'étais incapable de me rappeler quand et où j'avais eu le mal de mer, mais c'était l'impression que je ressentais. Une minute ou deux, je gardai le silence, en observant les mouvements légers et caressants de ses doigts sur la crosse du pistolet. Puis, je lui demandai :

– Et où Vincent désire-t-il que j'aille ? A moins qu'il s'en fiche.

– Oh ! non, il ne s'en fiche pas. Vous savez bien que Vincent à horreur de laisser une affaire inachevée. Il veut que vous partiez pour la Hongrie.

– Quoi ?

– Il veut que vous partiez ce soir. Il veut que vous preniez l'avion qui quitte La Guardia pour Paris à minuit.

Lentement d'un ton posé, je répondis :

– Vous savez bien que c'est impossible. Vincent lui-même devrait le savoir. On ne quitte pas le pays sans passeport. On ne trouve pas, à neuf heures du soir, une place dans l'avion de minuit pour Paris. Et, même si j'avais un passeport, je ne pourrais pas me rendre en Hongrie. C'est un pays communiste ; on ne me laisserait pas entrer. Vous le savez bien.

Pour la première fois, depuis qu'il avait posé le pistolet sur ses genoux, il sourit : sa bouche s'entrouvrit, découvrant des dents blanches, bien rangées, et un petit bout de langue rose. Il glissa sa main gauche dans la poche intérieure de sa veste et en tira une enveloppe qu'il me lança. Elle tomba à terre. Je la ramassai. Elle contenait un passeport américain et un billet d'avion pour Paris. Il y avait également un certificat de vaccination, au nom de Frederik K. Munson. J'ouvris le passeport ; il portait le même nom.

– A votre place, je ne me ferais pas de souci pour la Hongrie, dit-il, en me montrant toujours ses petites dents blanches et son bout de langue rose. Vincent s'occupe de tout. Vincent déteste les Rouges... Il les déteste ! Cette vermine rouge ! fit-il en se passant la langue sur son absence de lèvres. A votre place, je ne m'inquiéterais pas pour la Hongrie. Si Vincent vous envoie là-bas, c'est qu'il a une bonne raison.

– Ça m'inquiète tout de même, dis-je.

Je lui tendis le passeport.

– Je ne peux pas me servir de ça.

Il souriait toujours. Mes yeux tombèrent sur le signalement inscrit en regard du nom : taille, 1,80 m ; cheveux : bruns ; yeux : marron. Je tournai la page et trouvai ma photo, l'une de ces photos d'identité sans relief ; elle se détachait sur le fond blanc, timbrée du cachet du ministère de l'Intérieur, et le nom de Frederik K. Munson s'y étalait, écrit de ma propre main.

– C'est Vincent qui a choisi le nom. Il n'est pas mal, hein ?

Tout en feuilletant le passeport, je sentais la nausée me monter à la gorge. Le document portait le visa pour la France et pour la Hongrie, la signature du secrétaire d'Etat à l'Intérieur, frappé à la feuille d'or de l'imposant blason des Etats-Unis. Le papier était filigrané, les pages perforées selon les règles.

— C'est un excellent passeport, remarqua mon hôte indésirable. Vous n'aurez aucun ennui avec ce passeport-là... oh, non, pas d'ennui, pas le moindre ennui, avec ce passeport. C'est un passeport absolument parfait.

– Allez au diable ! m'écriai-je.

Et je lui lançai le passeport. Il tomba sur le pistolet et, de là, par terre ; mais les yeux décolorés ne cillèrent pas.

– Pourquoi vous conduisez-vous ainsi ? demanda-t-il d'un ton de reproche. On m'a donné carte blanche. Il est bientôt dix heures, et, si vous continuez de la sorte, il va falloir que je vous tue. Vous ne cessez de discuter. Vous ne savez donc pas que ça ne sert à rien, de discuter avec moi ?

— Je m'en doute un peu.

— Voilà qui est mieux... beaucoup mieux.

— Et, une fois en Hongrie, qu'est-ce que je devrais faire ?

– Ça, je n'en sais rien. Quelqu'un d'autre s'en occupera. Mais vous pouvez être certain qu'on vous trouvera une occupation utile. Vous ne voulez pas faire vos bagages ? Une petite valise... je ne sais pas, moi ?

Je me levai, me dirigeai vers la penderie, et attrapai la poignée d'une valise posée sur l'étagère.

– Et comment expliquera-t-on ma disparition ? Personne ne peut se volatiliser ainsi dans l'espace, au milieu de la nuit, sans qu'on pose des questions.

– Personne ne posera de questions.

J'avais dégagé la valise. Je la fis basculer pour la descendre et la lui balançai à la tête. Puis, profitant de sa surprise, je fis sauter, d'un coup de pied, le pistolet de sa main. Il voulut se lever, et je lui assenai un coup sur le côté de la tête, derrière l'oreille, et un peu au-dessus. Il se baissa pour ramasser le pistolet. De toutes mes forces, je lui plaçai un coup de pied en pleine figure. Il s'écroula au bas du fauteuil, en gémissant de douleur, et mon talon lui martela le crâne. Après quoi, je le relevai, le plaquai contre le mur et m'acharnai sur son visage déjà défoncé. Je le frappai de toutes mes forces, à quatre reprises au moins, et, chaque fois, sa tête alla donner contre le mur. Par la suite, j'eus l'impression qu'il avait crié, mais, sur le moment, je n'entendais rien, je voulais le tuer. Je le frappais comme on frappe un serpent avec une pierre, quand sa vitalité vous apparaît comme un défi et que la haine ne connaît plus de frein.

J'ouvris enfin la porte et le jetai sur le palier. Il s'écroula, roula sur lui-même, avant de dégringoler les marches de l'escalier comme un sac de pommes de terre. Debout sur le palier, je le regardais tomber. Quand il arriva en bas et que je le vis inerte, je ne fis pas un geste. Je restai là, à l'observer : il avait un pied sur les marches et le visage sur le paillasson.

La maison était silencieuse. Aucun bruit nulle part. Lui-même n'en faisait aucun. Enfin il bougea. Il se releva sur les genoux et sur les mains, en geignant. Puis il se mit debout en s'aidant de la porte, en s'y accrochant comme une bête, avec des plaintes de bête. Il finit par l'ouvrir. Tout chancelant, il disparut dans la nuit.

Alors je rentrai chez moi, fermai la porte, la verrouillai, et m'en fus vomir dans la salle de bains.

Après cela, je me sentis affaibli, vidé ; mais la nausée avait disparu. Je me versai un scotch bien tassé, mais sa seule odeur me souleva le cœur, et je ne pus le boire.

J'essayai ma pipe, mais je ne supportai pas davantage le goût ni l'odeur du tabac.

Je ramassai le passeport, le certificat de vaccination, le billet d'avion, le pistolet et rangeai le tout dans un tiroir. Puis, je m'assis près du téléphone et lui consacrai dix minutes de contemplation silencieuse : pendant ce temps, j'imaginais une conversation avec la police, une conversation raisonnable qui s'achèverait dans une petite cellule bien propre de l'asile de Bellevue. Je renonçai donc à téléphoner, pris une douche, enfilai mon pyjama, ouvris la fenêtre toute grande et lus deux ou trois pages des *Pièces grecques* de Dudley Fitt. Je n'allai pas plus loin. Je m'endormis comme un enfant, d'un sommeil apparemment sans rêves, et, quand j'ouvris les yeux, le soleil brillait.

Chapitre 5

Le psychiatre

La pendule – j'avais oublié de remonter le réveil – indiquait neuf heures et demie ; j'avais donc dormi onze heures et j'étais déjà d'une demi-heure en retard pour le bureau. Le fait ne me tracassa pas outre mesure. Je n'avais pas envie de travailler ce jour-là ; ils pouvaient bien mijoter dans leur jus. J'avais quelque chose qui n'allait pas, et, pour dissiper mon malaise, il me fallait une promenade au soleil, dans Central Park ; j'irais m'asseoir sur un banc et m'offrirais une petite séance d'introspection : j'en avais envie depuis longtemps et, je ne sais trop pourquoi, je n'étais encore jamais parvenu à réaliser cette envie. Je paressai donc au lit, béatement, pendant dix minutes, un quart d'heure. Je tournais et retournais dans mon esprit le fouillis de rêves, de visions, de cauchemars et de souvenirs déformés de la veille. Mais il ne s'agissait ni de rêves, ni de visions, ni de cauchemars : je m'en rendais compte, à mesure que se dispersaient les dernières brumes du sommeil. Et, en me levant pour aller fermer la fenêtre, je vis le chapeau gris, à l'endroit où il l'avait posé, sur la petite table à côté du fauteuil ; je vis aussi le cendrier, et ce qui restait du cigare. J'ouvris un tiroir, y trouvai le passeport, le certificat de vaccination, le billet d'avion, le pistolet.

Je pris le chapeau pour l'examiner. C'était un Dobbs, de première qualité : un chapeau qui valait pour le moins vingt dollars, et presque neuf. Il était d'une pointure étonnamment petite, pour un homme de cette taille, avec un bord plus étroit qu'il n'était d'ordinaire et une coiffe haute. Une taille, une forme anormales, ce qui n'avait rien pour me surprendre : tout était anormal, chez mon visiteur de la veille. Il ne pouvait avoir que des pensées anormales ; des actions anormales ; de même, il ne pouvait acheter que des vêtements insolites. Pour la première fois, depuis que mes yeux s'étaient posés sur lui, je connus une fugitive étincelle de pitié et revis nettement sa silhouette pitoyable, quand il était parti en chancelant sous la pluie. Je n'avais encore jamais rossé personne. Quel pouvait être le motif qui m'avait transformé en une créature possédée par la haine, assoiffée de sang ?

J'ouvris une boîte de jus d'orange et préparai le café. Je fis ma toilette et me rasai. J'étais en train de m'essuyer la figure quand il me vint à l'esprit que je n'avais pas encore appelé le bureau. Je composai le numéro, demandai Josephson.

– D'où me téléphonez-vous ? s'inquiéta-t-il.

– Comment ça ?

Il m'expliqua alors qu'il me croyait en Floride : mon frère avait téléphoné un peu plus tôt pour dire que notre mère venait de mourir en Floride et que nous devions prendre le premier avion en partance.

– Je ne suis pas parti, dis-je.

– Tiens ?

– Trop de questions à régler ici même. Mais je ne viendrai quand même pas aujourd'hui.

– Je vois. Très bien... rappelez-moi demain. A propos, vous avez lu ce qui est arrivé à Calvin ?

– Oui...

– Ça montre bien que certaines personnes ne savent pas réagir devant les petites contrariétés. J'espère que vous n'êtes pas trop affecté par la mort de votre mère ?

– Elle était très âgée.

– On les regrette, semble-t-il, quel que soit leur âge.

– Elle avait plus de quatre-vingt-dix ans et je ne vais certainement pas la regretter, déclarai-je d'un ton aigre.

Je raccrochai. Je bus mon café, en adressant mentalement un coup de chapeau à Vincent. Il ne laissait rien au hasard. Je n'étais pas comme lui, inutile de me faire des illusions. Je n'étais pas fait pour ce genre de bagarre.

Quand je fus habillé, je me mis à la fenêtre pour voir le temps qu'il faisait. La pluie avait lavé le monde entier ; c'était la plus belle matinée de printemps qu'on pût souhaiter : l'une de ces matinées limpides, fraîches, adorables, qu'on apprécie tout particulièrement à New York, peut-être parce qu'elles tranchent si vivement sur tout le reste...

En bas, la rue était tranquille et normale, comme il se devait. J'allai jusqu'à Lexington Avenue, tournai vers le centre et m'arrêtai à la première librairie. Là, je demandai à la femme maigre et nerveuse qui tenait le magasin si je pouvais jeter un coup d'œil sur un livre de vulgarisation sur la psychiatrie. Elle me donna un ouvrage intitulé *Sécurité émotionnelle*. Je cherchai la bibliographie, aux dernières pages, pour y trouver ce dont j'avais besoin. Je relevai trois noms qui semblaient correspondre à ce qu'il me fallait. Je les notai, remerciai la femme et m'excusai de ne pas acheter le livre. Elle eut un air si revêche que je me sentis obligé de lui verser le prix du volume. Elle me dit alors qu'elle le mettrait de côté, et que je pourrais revenir le prendre, dans le courant de l'après-midi. Tout ça pour me procurer les noms de quelques psychiatres ! Mais c'était la seule idée qui me fût venue à l'esprit.

– L'ouvrage vous plaira, me dit-elle. Il est d'une lecture agréable.

– Je n'en doute pas.

Je traversai la rue, entrai dans un drugstore et cherchai le Dr Augustus Broden dans l'annuaire de Manhattan. C'était le premier nom de ma liste ; il était l'auteur d'une monographie intitulée *Le Rationnel et l'Irrationnel*, ce qui le rendait aussi particulièrement indiqué pour ce que je cherchais que son livre pouvait être éminemment agréable à lire. Je trouvai un Dr Broden, au 110, Central Park Sud. Je glissai ma pièce de monnaie dans l'appareil et composai le numéro. Ce fut une voix de femme qui me répondit, une infirmière ou la préposée à la réception ; elle m'apprit ce que je soupçonnais déjà, c'était le cabinet du Dr Broden.

– Pourrais-je voir le docteur ?

– Rendez-vous professionnel ? demanda-t-elle.

– Exactement.

– Vous n'êtes pas de ses malades ?

Je répondis que non, mais qu'il se pouvait fort bien que je le devienne prochainement. Elle voulut alors savoir qui m'avait recommandé le Dr Broden. Je lui donnai en réponse le second nom de ma liste, le Dr Max Ellmann. En même temps, je me demandais comment on pouvait bien parvenir à consulter un psychiatre, s'il fallait d'abord, pour cela, faire partie de sa clientèle où connaître un autre psychiatre. Je lui donnai ensuite mon nom et quelques autres renseignements, et elle me pria de rester à l'appareil. Je mis une nouvelle pièce de monnaie pour ne pas perdre la ligne, et elle m'informa que le Dr Broden me recevrait à midi.

Cela me laissait un peu plus d'une heure à tuer. Je revins à la librairie, pris le livre qui m'avait fourni le nom du Dr Broden et m'en fus au Parc pour le lire. Je traversai la rue après la Plaza, tournai en direction du lac, trouvai un banc en plein soleil et fis de mon mieux pour m'intéresser à l'ouvrage. Je n'y réussis pas. Je posai le livre, allongeai les jambes, regardai jouer les enfants et nager les pélicans, tout en me demandant pourquoi je ne me sentais pas plus inquiet.

J'en étais là, oisif et pas trop malheureux, quand, brusquement, la fille à l'imperméable et au foulard jaune apparut au détour de l'allée et vint s'asseoir sur mon banc. Il n'y avait que le livre entre nous, mais elle ne m'accorda pas un regard. Elle portait cette fois un tailleur bleu-vert, qui faisait paraître ses yeux bleu-vert, plutôt que violets comme je les avais vus dans l'escalier.

Je décidai d'attendre, de voir venir, comme la veille au soir. Mais rien ne vint. Elle resta là un quart d'heure environ, sans me jeter un seul coup d'œil. Quand elle se leva, elle me regarda, mais en passant, sans avoir l'air de me reconnaître. Si je ne l'avais pas rencontrée auparavant, j'aurais pensé qu'en s'asseyant sur ce banc, elle était plus ou moins disposée à se laisser aborder, sans y être tout à fait décidée. Mais son élégance n'était pas celle d'une fille qui se laisse accoster dans Central Park ; son tailleur était admirablement coupé, son sac en crocodile valait bien cent dollars, et les souliers assortis devaient coûter près de la moitié. Elle pouvait se faire embarquer en des lieux plus recherchés que Central Park... et, en la voyant au grand jour, j'étais à peu près sûr que ça lui était arrivé. Elle ne portait pas de bijoux, mais la montre à son poignet avait un simple boîtier de platine, avec un bracelet d'or blanc, et sentait l'argent plus que n'importe quel bijou.

Elle prit la direction du zoo. Elle n'avait pas parcouru trente mètres que je décidai de la suivre. Elle déboucha sur la route carrossable, la traversa et, par la pelouse, gagna l'allée qui conduisait au zoo. Je me tenais à une certaine distance, mais, pas une seule fois, elle ne se retourna. Elle s'engagea dans le quartier des antilopes. Quand j'y arrivai à mon tour, elle avait disparu.

Je traversai en courant la clairière qui menait à la cafétéria, mais, par ce matin de mars, la terrasse était déserte. On ne voyait qu'une femme avec un enfant, une nurse poussant un landau... les très âgés et les très jeunes : un vieil homme et sa petite-fille près du bassin des otaries, deux petites filles, de l'autre côté, devant la cage aux lions. Si elle avait couru, elle courait plus vite que moi, ou bien elle avait appris de longue date à se dissimuler ; ou alors, c'était autre chose... Je commençais à croire que le fait de connaître Vincent pouvait signifier « autre chose » — mais Dieu seul savait ce que ça pouvait être.

Jusqu'à midi moins dix, je continuai de la chercher. Je jetai un coup d'œil dans tous les pavillons ; je rôdai dans la cafétéria ; je montai même une garde soupçonneuse devant les chalets de nécessité. Mais rien. Elle avait totalement, entièrement disparu. A midi moins dix, donc, je renonçai et me rendis au 110 Central Park Sud, chez le Dr Broden.

La préposée à la réception était une grande femme sérieuse, et sans beauté, qui pouvait avoir mon âge. Elle me considéra sans méfiance ni dégoût, et j'en fus heureux, en songeant au genre de patients qu'elle devait voir défiler au cours d'une journée. Elle me pria de m'asseoir et d'attendre quelques instants, et pénétra dans le cabinet du docteur. Je me rappelai alors que j'avais laissé le livre sur le banc. Je me dis que c'était là un bien modeste présent à un monde qui avait, autant que moi, sans doute, besoin d'une quelconque sécurité. La jeune femme revint et me fit signe d'entrer. Elle avait un léger sourire.

C'était une pièce fort agréable que celle où officiait le Dr Broden : une vaste pièce carrée, aux murs revêtus de boiseries, avec des bibliothèques qui semblaient plus fonctionnelles qu'ornementales, et bon nombre de fauteuils confortables et moelleux. J'étais en train de regarder le décor, quand il entra par-derrière, ferma la porte et déclara :

– Ne cherchez pas : je n'ai pas de divan. Je suis un psychiatre, pas un psychanalyste. Le Dr Ellman ne vous l'avait pas dit ?

– Non.

– Ça ne m'étonne pas. Il est mort depuis douze ans.

Je le considérai d'assez haut : c'était, en effet, un tout petit homme, guère plus de 1,50 m, très gras, très laid, au nez épaté, aux petits yeux perdus au fond de replis de chair rose. Il avait l'air, néanmoins, très rassurant – pour une raison que je ne pus *a priori* discerner –, solide comme un roc, tout réjoui de ma confusion et très content de l'avoir si habilement provoquée.

– Mais alors, pourquoi m'avez-vous reçu ? demandai-je.

– Et pourquoi pas ?

Je ne sus que répondre. Il jouit encore un peu de mon embarras, puis m'invita à m'asseoir dans l'un des fauteuils de cuir qui se faisaient face devant la fenêtre. Il prit place dans l'autre, pareil à un monstrueux et réconfortant petit Bouddha.

– Vous avez trouvé l'un et l'autre nom dans une bibliographie, hein ? demanda-t-il.

– Comment le savez-vous ?

– C'est notre unique lien, purement accidentel. Nous étions aux antipodes l'un de l'autre. Lui c'était un freudien. Moi, je ne le suis pas... non, pas du tout. Ce n'est pas là une prise de position, j'énonce simplement un fait. Il se trouve que je mets en pratique une autre théorie. Et je coûte très cher. Je vous ai réservé une heure, parce que vous m'étiez chaudement recommandé par un mort, mais il vous en coûtera vingt-cinq dollars.

– C'est parfait.

– Bon, fit-il en hochant la tête. Nous allons maintenant vous en donner pour votre argent.

Il sortit de sa poche une fiche qu'il consulta.

– D'après ce que Hilda a noté ici, vous vous appelez David Stillman, vous avez trente-six ans, vous êtes expert commercial, célibataire, et vous habitez New York City. Exact ?

– Exact.

Il mit la fiche de côté.

– Alors, qu'est-ce qui ne va pas ?

– Je veux savoir si, oui ou non, je suis fou.

– Tiens ? dit-il.

Et il croisa sur son estomac ses petites mains dodues.

– C'est là un souhait fort répandu, dans un monde qui rend parfois le jugement bien difficile. Vous êtes peut-être un grand inquiet, mais je ne crois pas que vous soyez fou. Je vous le dis tout de suite : nous serons ainsi plus à l'aise pour parler.

– Comment pouvez-vous en décider dès maintenant ?

– C'est peut-être impossible, en effet. Il se peut qu'en bavardant je découvre que je me suis trompé. C'est possible... mais je ne le crois pas. Dans un tout autre sens, il ne m'appartient pas de dire qui est fou et qui ne l'est pas. Mais il y a longtemps que je fais ce métier et je ne doute pas de ma compétence : j'énonce donc ma conclusion et mon diagnostic avant l'examen. Si vous me disiez d'où vous vient cette appréhension ?

– J'ai descendu quatre étages qui n'existaient pas, déclarai-je carrément.

– Vous aviez bu ?

– Non.

– Vous aviez pris une drogue ? De la drogue ?

– Non.

– Alors, vous n'avez pas descendu quatre étages qui n'existaient pas. Ou bien ils existaient, ou bien vous ne les avez pas descendus. Vous avez peut-être cru les descendre, mais vous ne les avez pas descendus.

– Si.

– Très bien : dans ce cas, c'est qu'ils existaient. Vous voyez ce que je veux dire, n'est-ce pas, monsieur Stillman ?

– Je vois très bien.

– Alors, si vous me racontiez toute l'histoire ?

J'obéis. Je la lui racontai de bout en bout, et il m'écouta les yeux fermés, en dodelinant légèrement de la tête. Je m'arrêtai à dix minutes de mon arrivée chez lui. A ce moment, il ouvrit les yeux et me considéra avec un intérêt pensif, affectueux.

– Voilà une histoire fort intéressante, dit-il. Fort intéressante, monsieur Stillman, et contée avec une grande précision.

– Vous y croyez ?

– Bien sûr que j'y crois. Vous me payez vingt-cinq dollars, n'est-il pas vrai ? Alors, pourquoi gaspilleriez-vous mon temps et votre argent, en me racontant une histoire qui ne serait pas vraie ? Je veux dire par là qu'elle est vraie pour vous et que je suis persuadé que vous y croyez. Est-elle vraie objectivement ? C'est là une question à laquelle nous devons trouver la réponse... D'accord ?

– D'accord.

– Mais d'autre part, il y a quelque chose qui me tracasse, ajouta-t-il. Pourquoi vous a-t-il fallu, pour trouver un psychiatre, faire tout ce numéro avec un bouquin ? Pourquoi ne pas vous adresser à un ami ? A votre médecin ?

– Je n'ai pas de médecin.

– Vous n'avez jamais été malade ?

– Non.

– Et les amis ?

– Je n'ai pas d'amis.

– Pas d'amis du tout ?

Il pointa vers moi son index.

– Je ne parle pas au sens philosophique du terme. En ce sens-là, vous pourriez me demander : qui a des amis ? Très peu de gens, en effet... Non, je prenais le mot dans son acception courante. Vous devez bien avoir des amis.

– Non. Aucun.

– Pourquoi ? Ceci est important. Pourquoi ? Vous n'appartenez pas à cette espèce d'individus qui ne se fait pas d'amis. Vous êtes homme à attirer la sympathie de vos semblables. Mettons, pour le moment, de côté votre espèce d'hallucination – je l'appelle ainsi pour plus de commodité – et occupons-nous de cette autre question. Voilà un fil conducteur. Nous allons trouver les fils conducteurs et les raccorder. Vous êtes encore jeune, vous avez un physique convenable, vous êtes présentable, intelligent, cultivé... et vous n'avez rien d'un homosexuel. Pas d'amis, donc. Et les femmes ?

– Ce sont là pures suppositions de votre part.

– Des observations, répliqua-t-il. Je suis très observateur, vous pouvez me croire, et je sais de quel côté je dois chercher. Je peux paraître assez peu orthodoxe, peut-être, surtout quand on a lu toutes ces foutaises sur la psychologie, mais je suis très observateur. Il y a bien des femmes dans votre vie ?

– Non.

– C'est ridicule. Vous n'êtes pas homme à vous passer de femmes.

– Pourquoi pas ?

– Pas de femmes, alors ?

– Il m'arrive de coucher avec une femme.
– Ah... Et où les trouvez-vous ?
– Je les trouve, c'est tout, répliquai-je avec irritation.
– Ah ?
Il eut un hochement de tête
– Bon. Nous y reviendrons. Maintenant, parlez-moi un peu de vous. Qui vous êtes... d'où vous venez... milieu, éducation, activités professionnelles, expériences de guerre, si vous en avez. Dites-moi tout ce qu'à votre avis, je dois savoir, et laissez-moi le soin de coordonner l'ensemble, de mettre chaque élément à la place qui lui revient.
– L'heure est presque écoulée.
– Je suis le maître de mon temps, fit-il en souriant. Le prix reste le même, et c'est moi qui vous dirai quand l'heure sera finie.
Il attendait. Moi aussi. Je n'avais rien à dire, semblait-il. Le silence se prolongeait, devenait gênant. Il dit alors, très doucement :
– S'il y a quelque chose que vous n'avez pas envie de me confier, monsieur Stillman, gardez-le pour vous. Tout ce que je veux savoir, c'est ce qu'il vous plaira de me raconter. Par exemple, comment se fait-il qu'un homme comme vous soit expert en calcul de prix de revient ?
– Pourquoi ne le serais-je pas ?
– Je vous pose une question, et vous me répondez par une question. Ce n'est guère constructif, n'est-ce pas ? Ce serait plutôt de la philosophie. Il y a quantité de raisons qui font que je vous vois mal en expert en calcul de prix de revient. C'est pourquoi je serais curieux de savoir comment il se fait que vous exerciez cette profession.
– Je l'exerce depuis trois ans.
– Bon. Et comment avez-vous trouvé cette situation ?
– J'ai lu une annonce dans le *New York Times.*

– Vous aviez un emploi, à l'époque ?
– Non...
– De quoi viviez-vous ?
– J'avais un peu d'argent en banque... dans les onze cents dollars.
– Des économies ?
– Probablement, fis-je lentement.
– Mais vous n'en savez rien ? Où aviez-vous travaillé précédemment ?
– Je n'en sais rien.
– Que voulez-vous dire ? demanda-t-il d'un ton calme, très doux.
– Je n'avais jamais pensé à tout ça... et il m'est assez difficile d'y penser maintenant.
– Essayez.

Je fermai les yeux, me renversai dans mon fauteuil et racontai ma petite histoire aussi clairement que me le permettait ma mémoire. Cela s'était passé trois ans auparavant. Un matin, je m'étais réveillé, je m'étais rasé et habillé et j'étais descendu acheter le *Times*. J'ai parcouru les offres d'emploi, j'ai coché au crayon l'annonce en question et je me suis rendu à l'adresse indiquée. Ce fut Josephson en personne qui m'a reçu, et j'ai décroché le boulot. Ça s'était passé comme ça tout simplement.

– Vous deviez avoir des références, remarqua le médecin.

Alors, j'ouvris les yeux. Le gros petit homme n'était plus le même : il avait pris un air froid, sévère.

– C'est possible... je ne me rappelle pas.
– Essayez-vous vraiment de vous le rappeler ? insista-t-il. Que s'était-il passé la veille du jour où vous avez trouvé cet emploi ?... La semaine précédente ?

Je le regardai fixement, sans rien dire.

– L'année précédente, monsieur Stillman ?
– Je n'en sais rien.

J'avais retrouvé ma peur. Elle me collait à la peau, me donnait la chair de poule, accélérait les battements de mon cœur, me contractait les entrailles. Elle se calma enfin, en me laissant comme engourdi.

– Je n'en sais rien, répétai-je.

Je disais vrai ; je n'en savais rien. Et ce qui m'épouvantait, c'est que jusque-là, je ne m'étais pas rendu compte que je n'en savais rien. Ma vie avait commencé ce matin-là, où je m'étais réveillé pour acheter le *New York Times* et répondre à une annonce. Avant cela, c'était le néant.

– Comment cela, vous n'en savez rien, monsieur Stillman ? fit sèchement le médecin.

– Je veux dire que je n'ai aucun souvenir antérieur à ce matin-là.

– En d'autres termes, avant ce matin-là, rien n'existe pour vous ?

– Non... rien.

– En d'autres termes, vous souffrez d'amnésie, et ce, depuis trois ans ? Est-ce bien là ce que vous voulez dire, monsieur Stillman ?

– Est-ce bien de l'amnésie ?

– Vous ne le savez donc pas, monsieur Stillman ? N'était-ce pas cela que vous vouliez me faire croire ?

– Je n'en sais rien.

Le petit docteur eut un brusque sourire. Il se leva, fit le tour de son fauteuil et resta debout derrière le dossier. Il s'y appuya et me considéra avec une indulgence amusée. Il était si petit, et le dossier du fauteuil si haut, que je voyais seulement sa tête et ses épaules.

– Où avez-vous été pêcher vos renseignements sur l'amnésie, monsieur Stillman ? questionna-t-il.

– Je ne connais absolument rien à l'amnésie.

– Vraiment ? Ça, c'est exact. Voyez-vous, monsieur Stillman, je suis observateur... assez malin, aussi... et il y a trente ans que je fais ce métier. En trente ans, je croyais avoir tout entendu. Mais vous m'apportez du nouveau, monsieur Stillman. Ainsi, je ne cesse de m'instruire. A quoi voulez-vous en venir, monsieur Stillman ?

Je le considérais sans rien dire. Nous n'étions plus des amis. Il avait perdu sa cordialité, sa confiance, son désir de m'aider. Il avait maintenant un regard pénétrant, calculateur et se tenait sur la défensive.

– Que voulez-vous, monsieur Stillman ? Quel est votre but, votre intention... qu'est-ce que vous trafiquez, si vous préférez ce genre de langage ? Vous venez me trouver sous prétexte d'amnésie, mais vous êtes assez sot – ou vous me croyez assez sot – pour juger inutile de vous documenter sur le sujet. Alors, vous êtes amnésique sans le savoir. Non, monsieur Stillman, ça n'existe pas, ce genre de trouble – sauf à Hollywood, dans les films. Dans la vie réelle, ça n'existe pas. Alors si vous me disiez ce que vous avez derrière la tête, monsieur Stillman ? Je me conduis honnêtement avec ceux qui viennent me trouver, et j'aime que la réciproque soit vraie. Vous n'avez pas été honnête envers moi, monsieur Stillman.

– Je vous ai dit la vérité, murmurai-je.

– En aucune manière, monsieur Stillman... ce n'était pas même une vérité pour vous. Vous n'avez jamais cru un instant que vous puissiez être fou, monsieur Stillman. J'en ai eu la certitude dès que je vous ai parlé. Laissez-moi maintenant vous dire une chose, monsieur Stillman : quelles que soient vos intentions, vous vous y prenez bien maladroitement. Vous venez me voir en vous recommandant d'un mort et vous inventez des hallucinations, au lieu de chercher des cas plausibles dans la documentation clinique. C'est une grosse négligence de votre part. Et maintenant, allez-vous-en.

Je sortis mon portefeuille, mais il secoua farouchement la tête

– Pas d'argent, s'il vous plaît, monsieur Stillman. Je ne veux pas de votre argent. Je veux que vous fichiez le camp, tout de suite. Vous me déplaisez, monsieur Stillman. Vous ne m'inspirez pas confiance. Alors, fichez le camp, voulez-vous ?

– Vous n'êtes pas très chic avec moi, vous qui êtes médecin !

– Chic, monsieur Stillman ? Et vous, l'êtes-vous ?

– Allez au diable !

– J'en ai autant à votre service, monsieur Stillman.

Il me tenait la porte ouverte. Je sortis. La réceptionniste me salua d'un signe de tête.

Chapitre 6

Le détective privé

Je me retrouvai donc au grand soleil, dans la 54e Rue. J'avais peur. Et non seulement j'avais peur, mais j'étais sans amis, dépourvu, comme, sans doute, personne ne l'était au monde : en effet, parmi tous ces gens qui allaient et venaient devant moi, parmi tous les habitants de cette ville, de ce pays, de cette planète, peut-être bien, j'étais le seul à ne pas appartenir à un ordre quelconque. Je disposais de trois années de ma vie. Au-delà, rien. C'était impossible, le gros petit médecin me l'avait bien précisé, et pourtant, c'était vrai. On ne peut pas être amnésique sans le savoir. Pourtant, je n'en avais rien su. Et maintenant j'avais peur. Terriblement.

— Il arrive que l'on atteigne le paroxysme de la peur au moment de mourir, mais c'est sans doute pire encore quand on est déjà mort. Et c'était bien là, en fin de compte, ce qui s'était produit pour l'homme que j'avais été pendant trente-trois de mes trente-six années. Si toutefois j'avais bien trente-six ans... Il me semblait bien l'avoir su, mais à présent, je n'étais plus sûr de rien.

Je commençais à me rendre compte qu'aucun être humain ne vit seul et qu'aucun ne le pourrait. Chacun est incorporé à la trame de la vie, et c'est d'elle qu'il tire son existence. Placez un homme sur une île déserte : il lui restera les fils conducteurs de sa mémoire, de ses associations d'idées, son passé, en même temps qu'un éventuel avenir. Moi, je n'avais rien de tout cela ; j'étais unique en mon genre. L'oiseau rare. Aucun homme n'était sans amis ; mais moi, je n'avais pas d'amis. Chez moi, près du téléphone, il n'y avait pas de carnet d'adresses : je n'en avais pas besoin et je n'avais jamais trouvé étrange de n'en point avoir besoin. Ma solitude ne m'avait jamais pesé, mais je ne l'avais pas recherchée non plus. Elle faisait simplement partie de moi-même et elle s'intégrait si bien à ma personnalité que je n'avais jamais tenté de lutter là contre. Maintenant encore, le désir de m'en évader ne me venait pas. Quand les autres avaient peur, ils recherchaient la compagnie de leurs semblables. Ce n'était pas ainsi que, moi, je réagissais. J'avais peur, j'étais seul, et je savais que je n'y pouvais rien changer. « Etes-vous chic, monsieur Stillman ? » m'avait demandé le psychiatre. Mais sa question allait plus loin que le sens même du mot. J'y découvrais des résonances profondes, subtiles, étranges.

Je me mis à suivre la 59e Rue vers l'Ouest. Je n'avais aucun but précis, mais autant valait marcher que rester planté là. Juste avant Broadway, je passai devant un vieil immeuble décrépi en pierre de taille. A la fenêtre du rez-de-chaussée, un écriteau disait : AGENCE DE RECHERCHES UNIVERSAL. J'entrai, je sonnai. Un homme de trente à trente-cinq ans vint m'ouvrir et me considéra, comme s'il était convaincu que j'avais commis une erreur.

– Vous cherchez un détective privé ? demanda-t-il.

Il n'était pas très grand, mais bâti en force, large, massif, les deux pieds solidement sur terre. Son visage rond, semé de taches de rousseur, était celui d'un jeune garçon, ses cheveux d'un blond roux étaient taillés ras ; son cou ressemblait à une colonne de pierre. Il évoquait l'image qu'on se fait généralement de l'entraîneur d'une équipe de basket-ball, dans un collège du Middle West ; mais il ne répondait d'aucune façon à l'image que je m'étais faite d'un détective privé.

– Exactement.

– Ce n'est pas pour me vendre quelque chose ?

– Non. Je cherche un détective privé.

– Alors vous avez sonné à la bonne porte, fit-il avec un large sourire. Entrez. La petite est allée déjeuner et mon associé est sur une affaire.

C'était un mensonge flagrant, mais gentil. Le fauteuil, dans la triste antichambre, était recouvert de poussière visible à l'œil nu. Dans la pièce de devant, celle que j'avais aperçue de la rue, il y avait un bureau, deux classeurs métalliques, un fauteuil tournant, une corbeille à papiers et une unique chaise à dossier droit, qui vacilla quand je m'y assis. Si vraiment il avait eu un associé, ils devaient mener l'affaire à tour de rôle. Son chapeau était posé sur le bureau, ce qui était bien dans la note ; sur ce même bureau se trouvaient un buvard, un bloc de petit format, deux ou trois crayons et un appareil téléphonique. Il prit place dans le fauteuil à pivot, posa ses mains sur le bureau et me dévisagea d'un air engageant.

– Eh bien, que puis-je pour vous, monsieur ?...

– Stillman. David Stillman.

Je pensais en même temps : mon Dieu, qu'est-ce que ça peut faire ? Que ce soit lui, avec son allure de boy-scout et ses mensonges à propos d'une secrétaire partie déjeuner ; que ce soit les Pinkerton, et leurs trois mille employés... c'est du pareil au même. J'ai besoin de parler à quelqu'un, à n'importe qui. Sinon, je continuerais à me parler à moi-même, jusqu'à ce que j'en éclate, ou jusqu'à ce que mon bon ami, au visage et au complet gris, me rattrape et me farcisse de plomb, sous prétexte que Vincent veut m'envoyer

Dieu sait où... Alors, qu'est-ce que ça fait ?

– Monsieur Stillman, répéta-t-il en hochant la tête. Voyons, que puis-je faire pour vous ?

– Vous pouvez découvrir qui je suis.

– Pardon ?

– Vous avez bien entendu. Je ne sais pas qui je suis. Vous êtes détective. Vous pouvez le découvrir et je vous paierai pour votre peine.

Au mot « peine », ses yeux s'illuminèrent l'espace d'un instant. Puis il secoua la tête.

– Vous venez de me dire qui vous êtes. Vous êtes David Stillman.

– En effet. Mais je désire en savoir davantage sur moi-même, un nom, ce n'est pas assez.

– Ecoutez, monsieur Stillman, ce n'est pas à moi qu'il faut vous adresser, mais à un médecin.

– J'en ai consulté un. Disposez-vous d'un peu de temps pour m'écouter ?

– Jusqu'au retour de la petite, proposa-t-il.

Autrement dit, tout l'après-midi.

– Mais n'oubliez pas, monsieur Stillman : vous n'êtes pas mon client. Je tiens à garder toute ma liberté, lorsque j'aurai entendu ce que vous avez à me dire.

– Je ne demande que ça

Je sortis un étui de mes petits cigares.

– Vous fumez ?

Il accepta d'un signe. Une fois les deux cigares allumés, je lui contai tout ce qui m'était arrivé depuis la veille, à cinq heures du soir, jusqu'à et y compris la séance chez le psychiatre.

Il m'écoutait, non pas à la manière du psychiatre, mais avec un intérêt soutenu, personnel, et il fumait le cigare avec la même ardeur. Sans m'interrompre une seule fois, il m'écouta jusqu'à la fin, avec une attention respectueuse. Puis il me dévisagea, de ses yeux bleus agrandis par la curiosité.

– C'est une sacrée histoire, fit-il avec conviction.

– Voilà, vous savez tout.

– Vous voulez que je vous dise ce que j'en pense ?

– C'est pour ça que je vous l'ai racontée.

– Je pense que vous êtes soit un cinglé, soit un menteur, monsieur Stillman.

Je commençais à en avoir plus qu'assez, de ce genre de réflexion. Je me levai en disant :

– Oui ou non ? C'est la seule réponse que je vous demande.

– Vous m'aviez demandé mon avis.

– Maintenant, je le connais.

Je me dirigeai vers la porte. Mais il m'arrêta avant que j'eusse passé le seuil.

– Monsieur Stillman, à supposer que je prenne votre affaire en main, que j'essaie de trouver qui vous êtes... vous seriez disposé à me verser une avance ?

– Dans certaines limites. Combien voulez-vous ?

– Je ne suis pas Pinkerton.

– Combien voulez-vous ?

– Disons cinq cents dollars comptant, à titre d'avance. Au-delà, vingt-cinq dollars par jour, plus les frais.

Il sortit son petit boniment à voix presque basse, comme s'il avait murmuré une prière. Je fis volte-face, revins vers le bureau et examinai mon homme, en cherchant à deviner ce qui en lui était « boy-scout » et ce qui ne l'était pas.

– D'accord, dis-je.

– Je tiens à voir la couleur de votre argent. Vous comprenez, je suis de nature confiante. Alors, si j'ai l'argent tout de suite, ça m'évitera de me faire des cheveux par la suite.

– Voulez-vous que nous allions à la banque ?... Je n'ai pas la somme sur moi.

– Je suis votre homme, approuva-t-il avec son grand sourire.

Il ramassa son chapeau et nous sortîmes. Il avait totalement oublié son histoire de secrétaire.

Chapitre 7

Garrison & Cie

En chemin vers la banque, nous fîmes un peu mieux connaissance. Il s'appelait Mike Caselle, il était originaire de Chicago, et il y avait en lui un peu du boy-scout, un peu du dur, pour le reste, c'était un brave garçon. Il me plaisait beaucoup. Il me plut davantage encore quand vint le moment d'accepter les cinq cent vingt-cinq dollars qui représentaient le montant de l'avance et le prix de la première journée d'opérations. D'abord, il refusa la somme.

– Allez vous faire voir, dit-il. Je ne marche plus. Voilà cinq semaines que je fais le pied de grue dans ce bureau. Vous êtes le premier client que j'aie vu et j'ai sauté sur l'affaire parce que, ce matin, j'étais sans un. J'avais même pas de quoi m'acheter un paquet de sèches ! Il ne manquait plus que je jette aux orties cinq cents bons dollars !

– C'est pourtant ce que vous faites.

– Parce que j'ai changé d'avis. Je vous prenais pour un menteur, Stillman, et je pensais jouer le jeu, pour voir ce que ça donnerait. Mais à la couleur de cet argent, je vois bien que vous n'êtes pas un menteur. Vous êtes fou, oui. Je ne peux rien faire pour un cinglé. Vous m'êtes sympathique. A mon avis, ce qu'il vous faut, c'est un médecin.

– Vous avez entendu ce que m'a dit le médecin.

– Il n'y a pas que celui-là. Si vous avez besoin d'un

détective mondain, allez donc chez Pinkerton. De toute façon, c'est un foutu métier, et j'ai bien envie de tout laisser tomber. Pendant la guerre, j'avais piqué quelques trucs dans les services de renseignements. Après, je me suis aperçu que je n'étais pas bon pour le travail de bureau et j'ai tâté de l'usine. Ça n'a pas marché. En fin de compte, quand je n'ai plus eu droit à l'allocation chômage, je me suis dit que ce genre de boulot ne pouvait pas être pire que la plupart des autres et qu'en tout cas, on était son maître. J'ai donc obtenu un prêt en vertu de la loi d'aide aux anciens combattants, et j'ai ouvert mon cabinet. Mais ce turbin, ça consiste surtout à courir après des femmes acariâtres et des petites fripouilles. J'en ai ma claque. Je ne suis pas fait pour être un détective privé : un flic, c'est toujours un flic, qu'on le prenne par n'importe quel bout. Et je ne suis pas non plus homme à vous refaire de cinq cents dollars.

– Avez-vous déjeuné ? lui demandai-je.

– Avec quoi ?

– Allons donc déjeuner, nous reparlerons de tout ça.

– Ça me va.

De la banque, nous remontâmes vers un bon restaurant français de la 52e Rue, entre Park Avenue et Madison Avenue. Là, après deux Martini chacun, nous nous sentîmes beaucoup mieux l'un et l'autre, et notre mutuelle sympathie grandit encore.

– Qu'est-ce que vous pensez de moi ? demanda Caselle.

– J'ai confiance en vous.

– Ça, c'est une bonne chose. J'étais en train de réfléchir à cette histoire d'amis. Avez-vous en moi une confiance de ce genre-là ?

– Ça n'a rien à voir avec la confiance. Tout ça, ça vient de moi. Je n'ai pas d'amis parce que je n'existe pas. Je ne suis pas humain. Je ne suis pas comme vous. Trois ans, ce n'est pas assez pour me donner une personnalité. Vous comprenez ce que j'essaie de vous expliquer.

– Je vous écoute. Mais vous ne connaissiez pas les caractéristiques de l'amnésie, n'est-ce pas, Stillman ?

– Non. Mais je sentais que quelque chose clochait. Les autres savent qu'ils sont normaux. Moi, il me manquait quelque chose.

– Quoi ?

– Je n'en sais rien.

– Et votre boulot ? Expertiser les prix de revient... ce n'est pas du tout-venant, hein ? Comment avez-vous eu votre place ? Et la Sécurité sociale ?

– Je n'y suis pas inscrit. C'est une firme britannique.

– Aucune importance, insista Caselle. Il faut tout de même que vous y soyez inscrit. Et votre livret militaire... Vous conduisez ?

– Oui, je crois.

– Pas de permis ?

– Non... pas de permis.

Caselle hocha la tête d'un air sombre. Il était comme ça, à présent. Triste. Je crois qu'il avait un peu peur.

– Avez-vous déjà eu peur ? lui demandai-je. La peur totale... absolue ?

Il acquiesça gravement.

– Moi, ça me prend maintenant par crises, à quelques heures d'intervalle. C'était le cas, quand je suis entré chez vous. C'est pour ça d'ailleurs que je suis entré. Je marchais dans la rue, ma peur avait atteint un point intolérable et, à ce moment, j'ai vu votre panneau.

– Je comprends. Et que ferez-vous, à présent, si je vous dis que je ne marche pas... que je ne veux pas me mêler de votre affaire... que ferez-vous ?

– Je n'en sais rien.
– Je ne veux pas m'en mêler...
– Très bien.
– Ah... au diable ! Donnez-moi l'argent, Stillman. Je le gagnerai. C'est drôle : j'ai comme une idée que, même si je ne fous rien, je le gagnerai quand même.

Je lui remis l'argent, qu'il glissa dans son portefeuille vide. Après quoi, nous déjeunâmes. Pendant le déjeuner, il ne fut plus question de notre affaire. Nous parlâmes de Bloomington, dans l'Indiana, où Caselle avait fait ses études avant la guerre ; de ses activités aux services de renseignement ; des pièces d'Eschyle ; d'une jeune fille qu'il comptait épouser, un de ces jours, s'il parvenait jamais à gagner assez d'argent pour se marier.

– Vous n'êtes pas marié, n'est-ce pas, Stillman ? demanda-t-il.
– Je ne le crois pas.
– Ça ne ferait pas une sacrée embrouille, si vous l'étiez ? dit-il en souriant.

Je réglai l'addition et nous nous dirigeâmes vers mon appartement. Il était maintenant trois heures et demie environ. Caselle voulait jeter un coup d'œil sur le passeport.

– Il faut bien démarrer quelque part, me dit-il.

Il voulait donc jeter un coup d'œil sur le passeport, le pistolet et le certificat de vaccination.

– Il doit bien y avoir le nom d'un médecin, sur le certificat, et puis il faut avant tout vous débarrasser du pistolet. Rien que de le détenir chez vous constitue un délit grave.

Le soleil brillait encore fort agréablement quand nous abordâmes la 51e Rue. Un camion livrait de la bière et deux petites filles jouaient à la marelle sur le trottoir. C'était le genre de journée qui évoque toutes les richesses de la vie, tout ce qu'elle devrait vous prodiguer, de sain et de plaisant, si vous êtes doué de cette sorte de sensibilité ; un aperçu des quelques nécessités essentielles qu'il faut trouver dans la vie pour être tout à fait content... à condition qu'on ne soit pas dénaturé au point de négliger de telles satisfactions.

J'ouvris la porte de la rue, montai l'escalier devant Caselle et ouvris la porte de mon appartement. Tout était dans l'état où je l'avais laissé : rien n'avait été touché, ni déplacé.

Le menu français m'avait donné soif. Je lançai mon chapeau sur le lit et me dirigeai vers la cuisine.

– Où est-ce ? demanda Caselle.

J'avais déjà ouvert le robinet.

– Dans le premier tiroir de la petite commode. Vous avez soif ?

Pas de réponse. J'emplis deux verres et sortis de la cuisine. Caselle avait ouvert le tiroir et regardait son contenu, le visage blême, les traits durcis.

– Un peu d'eau, Caselle ?

– C'est bien ce tiroir-là ?

– C'est bien ça. Voulez-vous un verre d'eau ?

En lui tendant le verre, je jetai un coup d'œil dans le tiroir. Pistolet, passeport, certificat de vaccination, tout avait disparu. Le tiroir ne contenait plus que le cadavre d'un énorme rat.

Je ne pouvais pas en détacher les yeux. C'était une bête horrible, répugnante, immonde. Je le savais, et, en même temps, j'avais l'impression de ne rien ressentir. Mais il en était ainsi pour bien des choses, maintenant. Je levai finalement les yeux sur Caselle, qui avait vidé son verre. Nos regards se croisèrent. Ce que je lus dans le sien ne me plut guère. Il me dévisagea longuement, très longuement. Je finis par lui dire, le plus calmement possible :

– Si vous voulez vous tirer, Caselle, tirez-vous. Ça

m'est égal. Vous pourrez vous tirer et je n'aurai rien perdu.

– Vous croyez que j'en ai envie, de me tirer.

– Je le sais. Et ça ne me surprend pas.

Il s'approcha de la fenêtre et, pendant un moment, contempla la cour. Puis il se laissa tomber dans un fauteuil et demeura immobile, les yeux au sol. Il dit enfin :

– Au moment précis où je viens de conclure que vous êtes un inqualifiable enfant de salaud, Stillman, vous me flanquez tout par terre.

– Comment ça ?

– Avec ce que vous venez de dire. Ecoutez, Stillman, laissez-moi parler franchement. Sinon, c'est terminé, et vous pouvez reprendre votre bel argent. Mais, si nous devons travailler ensemble, il faut que je vous dise ce que j'ai sur le cœur. Il faut que je vous dise l'effet que vous me faites... parce que jamais personne ne m'a fait cet effet-là. Voilà : pendant un moment, j'ai l'impression que vous êtes le meilleur des hommes que j'aie jamais connus... mieux qu'un homme : l'esprit même du bien ; et, le moment d'après, vous me faites l'effet d'une espèce de vermine, et je répugne à vous toucher parce que ça me donnerait la chair de poule. J'en ai des nausées, sans blague... Mais ça me passe, et vous redevenez un dieu. Voilà ce que j'éprouve. Et maintenant, bon Dieu de bon Dieu, dites-moi la vérité ! Est-ce vous qui avez mis ce rat là-dedans ?

– Non.

– Vous voulez toujours que je m'occupe de votre affaire ?

– A vous de décider.

– D'accord, je marche... je marche à fond. Je n'en reparlerai plus. J'avais besoin de vous dire ce que j'avais sur le cœur.

– Vous l'avez dit, répondis-je avec amertume.

– Pour l'amour du ciel, Stillman, gardez votre sang-froid ! Vous ne pouvez pas voir cette histoire du même œil que moi !

– Je crois que si.

– C'est bon, laissons tomber tout ça. Nous avons du travail. Vous avez quelque chose à boire ?

Je servis deux scotches bien tassés. Après quoi, nous passâmes l'appartement au peigne fin. Mais il n'y avait rien d'anormal, rien de changé, sauf le chapeau gris qui avait disparu lui aussi. Caselle feuilleta tous mes livres. En les examinant, il me demanda :

– Vous avez une passion pour la Grèce ?

– Je lis le grec assez couramment.

– Ce qui laisse penser que vous avez fait quelques années d'Université. Mais peut-être pas. Pensez-vous que vous ayez un accent, Stillman... Même très léger ?

– Je n'ai jamais rien remarqué de semblable.

– Moi, si... ou peut-être que non. Qu'est-ce que c'était comme pistolet, Stillman ?

– Un Lüger.

– Comment le savez-vous ?

Je secouai la tête

– *Sprechen Sie deutsch ?*

J'acquiesçai d'un signe.

– Je parle le français, aussi, l'espagnol et un peu l'italien. Ça ne vous avance pas à grand-chose.

Caselle haussa les épaules. Il rôdait à travers l'appartement. Il semblait peu pressé de l'abandonner. Tout en tournant et retournant les objets, il me jetait des coups d'œil interrogateurs.

– Allez-y, lui dis-je. C'est pour ça que je vous ai engagé.

Il passa dans la salle de bains, et bientôt m'appela.

– Vous n'avez jamais mal à la tête, Stillman ?

– Vous plaisantez, ou quoi ?

– Pas d'aspirine, pas de médicaments, pas de bande de pansements. Vous ne vous coupez jamais, Stillman ?

– Je n'y ai jamais songé.

Il sortit de la salle de bains et resta là, à me regarder. Il avait peur. Peur de moi.

– Laissez tomber, lui dis-je. Pour l'amour du ciel, laissez tomber !

– Non... Non. Je ne veux pas... je ne peux pas. Si je vous laisse tomber, j'en aurai des cauchemars ma vie durant. Dites-moi seulement une chose, Stillman... savez-vous ce que vous êtes ?

– Qu'entendez-vous par là ?

– Vous comprenez très bien, Stillman, dit-il à voix basse.

Je secouai la tête. Je savais ce qu'il voulait dire, mais je n'avais pas de réponse à lui donner. Peut-être, quelque part, au plus profond de mon subconscient, une réponse prenait-elle forme peu à peu, mais je n'en avais aucune à lui donner.

– Retournons à mon bureau, dit-il avec un soupir. Je ne porte jamais d'arme à feu... j'ai horreur de ces engins. Mais il m'en faut une maintenant. Il va m'en falloir une à partir de maintenant.

Je mis le rat dans un sac en papier et, dehors, le laissai tomber dans une poubelle. Nous remontions la rue en direction de la Troisième Avenue, quand Caselle me demanda :

– Vous est-il déjà arrivé d'être suivi ?

– Pas que je sache.

– Eh bien, nous le sommes. Un type de taille moyenne, vêtu de tweed brun, avec une face de carlin. Trapu. Vous le connaissez ?

– Non.

– N'y pensez plus. Je m'en occupe.

Arrivés au coin, nous montâmes dans un taxi, qui

nous conduisit à la 59e Rue. Nous montâmes dans le bureau de Caselle.

Dans l'antichambre, la poussière était toujours aussi épaisse. Caselle posa son chapeau sur son bureau, tira des clés de sa poche et ouvrit le tiroir du haut. Je m'étais assis sur l'unique chaise branlante au dossier droit.

– Tous les tiroirs se ressemblent, fit Caselle.

Il me souriait, à travers le bureau. Je fis le tour du meuble et m'arrêtai derrière lui. Le tiroir contenait un moineau mort. Rien d'autre.

– Ils sont charmants vos petits camarades, Stillman.

– Qu'y avait-il, dans ce tiroir ?

– Trois pistolets, mon arsenal... un pistolet réglementaire de l'armée, et deux petits revolvers, du type Ranger. Qu'est-ce que cela veut dire, Stillman ?

Il fit pivoter son fauteuil pour me regarder en face.

– Je n'en sais rien, répondis-je en toute sincérité.

– Mais à votre avis, Stillman, reprit-il d'un ton caustique, qu'est-ce que ça peut bien vouloir dire ?

– Mon avis n'a pas changé, Caselle. Etant donné vos sentiments sur cette affaire, laissez tomber. Ce cauchemar m'est strictement personnel, vous n'avez rien à y voir, et, bon sang, je n'avais pas le droit de vous l'infliger.

– C'est aussi mon cauchemar, maintenant, fit-il, avec un triste sourire.

Il se leva et me passa un bras autour des épaules, avec une affection qui me parut nouvelle, étrange, mais en même temps connue, familière ; j'avais l'impression qu'elle tirait sur toutes les racines perdues de mes souvenirs.

– Je me sens triste et désorienté, dit-il, et j'ai un peu peur. J'avais rendez-vous ce soir avec ma petite amie. Il n'en est plus question, maintenant. Il y a tout un tas de choses qu'il faut élucider. Mais c'est la première fois que j'ai l'impression d'exercer une profession au lieu de me livrer à un trafic douteux. Et maintenant, Stillman, dites-moi ce que vous pensez de tout ça.

– Je ne crois pas qu'il faille y chercher une signification quelconque. Je pense que c'est la manifestation de quelque chose.

– De quoi ?

– D'une maladie.

Il me regarda pensivement, puis hocha la tête.

– D'accord. J'accepte votre théorie. Je vais m'y cramponner.

– Et les armes ?

– Au diable les armes. Je n'ai jamais aimé ces sacrés outils. Au diable ! Allons voir maintenant votre lieu de travail.

Le moineau alla atterrir dans la corbeille à papiers. Nous gagnâmes à pied le métro et un express nous emmena vers le quartier des affaires. J'achetai un journal, et lus un article où il était question d'une bombe assez puissante pour ouvrir la terre en deux et de la terreur de millions d'hommes. La peur était partout. Nous vivions dans un monde où les gens avaient peur. Un monde où les objets rendaient malades les gens, et, quand les gens tombaient malades, ils montraient eux aussi les symptômes de la maladie. Si tout cela n'est pas très clair aujourd'hui, ça ne l'était pas davantage pour moi, à ce moment-là. Mais les rats et les moineaux morts me troublaient moins que la pourriture qui avait envahi le cerveau de certains hommes qui utilisaient ces accessoires des temps obscurs et lointains.

Nous avions l'un et l'autre de quoi occuper nos pensées et nous n'échangeâmes guère une parole jusqu'à la sortie du métro. Nous nous dirigions vers Broadway et nous avions en face de nous la vieille petite église et le cimetière qui rappellent la naissance de New York. C'est alors que Caselle me demanda si je lui avais précisé le nom de la firme qui m'employait.

– Garrison & Cie, lui dis-je.

– Ça ne vous fait rien de monter avec moi ?

– Non. Vous vous rappelez, je vous ai dit que Josephson avait fait allusion à mon frère... Vous serez mon frère.

– Votre frère est en Floride, rectifia-t-il. Nous trouverons bien quelque chose. Qui est ce Josephson ?

– Le chef de service. C'est un Anglais, mais il est ici depuis longtemps. Il s'amuse à jouer les Américains moyens, mais il n'est pas du tout dans la peau du personnage.

– Qu'est-ce qu'il est, alors ?

– Autre chose. Je n'y ai jamais beaucoup pensé. Qu'il se collette avec ses propres démons !

– Curieuse façon de s'exprimer, Stillman.

– Vous trouvez ?

Nous descendions maintenant Broadway, et la conversation cessa aussi brusquement qu'elle avait commencé. Caselle avait une façon bien à lui de m'aiguillonner l'esprit ; son aiguillon effleurait quelque chose... l'effleurait seulement. Quelque chose qui s'éveillait, pour se rendormir aussitôt. J'en étais irrité, déçu, et c'était, peut-être, cela qu'il cherchait.

Nous entrâmes dans l'immeuble et Caselle s'arrêta pour examiner le panneau de renseignements.

– Garrison & Cie, fit-il d'une voix sourde. Bizarre : ça n'y est pas.

– Mais si, voyons.

– Regardez vous-même, Stillman.

Sur son visage de boy-scout, bien ouvert, bien américain, se jouait un sourire pensif.

Il avait raison. Je trouvai Galvanized International et Gaxton & Levy. Mais pas de Garrison & Cie. Pas de

Garrison du tout. Des picotements recommencèrent à me parcourir l'échine. Ils explorèrent mon estomac, cherchèrent mon cœur.

– Montons, dit Caselle.

Nous prîmes l'ascenseur. Le liftier était un nouveau. De dos, il ressemblait à Joe Turtle, mais quand il se retourna, l'illusion se dissipa. Pourtant, quand je lui dis l'étage, il appuya sur le bouton sans hésitation, habilement. Il avait l'air d'être là depuis longtemps, et il ne nous accorda pas un regard en nous montant jusqu'au vingt-deuxième étage.

Juste en face des ascenseurs se trouvaient les bureaux de Gilcuddy & Calvin, avoués. Je dois dire que je poussai un soupir de soulagement, à la vue des noms familiers, inscrits en lettres d'or, qui m'accueillaient chaque matin, depuis trois ans. Je pressentais je ne sais quel impair, mais en voyant ces noms, je me sentis mieux. Un instant seulement.

– C'est donc ici que Calvin s'est suicidé, dit Caselle.

Il me suivit. J'agissais avec l'automatisme, la précision d'un être spécialement conditionné pour accomplir un acte précis, routinier. Caselle le remarqua, et cela fit plus pour le convaincre que tout ce que j'aurais pu lui dire.

Pour arriver aux bureaux de Garrison & Cie, on tourne à droite en sortant de l'ascenseur, on suit le couloir jusqu'au bout et on tourne de nouveau à droite. Là, on se trouve en face de la porte à double battant de Garrison & Cie, qui ferme le couloir. Je parcourus donc ce chemin. Caselle me suivit. Au bout du couloir, il n'y avait qu'un mur nu. Rien d'autre... un mur nu, sans porte. Je m'arrêtai net et restai là, les yeux fixes. Caselle s'arrêta près de moi, et, pendant une bonne minute, aucun de nous ne dit un mot.

Enfin, Caselle sortit ses cigarettes et je demandai :

– Donnez-m'en une, voulez-vous ?

Il me la donna, alluma la sienne et la mienne. Après quoi, il me considéra avec une expression que je ne peux comparer qu'à celle d'un pasteur méthodiste qui surprendrait la moitié de ses conseillers presbytéraux en pleine beuverie. Je fis un pas en avant et passai ma main le long du mur.

– C'est là ? demanda Caselle.

Je sondai le mur à petits coups. C'était du plâtre, granité et peint en vert.

– Garrison & Cie, dit Caselle.

– Allez au diable !

Caselle souriait.

– Allez au diable ! répétai-je.

– Le plus curieux, fit-il, c'est que maintenant, je vous crois. J'aurais bien besoin de me faire examiner, moi aussi.

Chapitre 8

Le tueur

– Si vous n'êtes pas un menteur... commença Caselle.

Mais je l'interrompis aussitôt. Je lui dis qu'il pouvait aller aux cent mille diables — invitation que je lui avais faite au moins cinq ou six fois. Les cinq cents dollars étaient à lui et plus tôt il déguerpirait, plus je serais content.

Il me laissa parler, adossé au mur, sans me quitter du regard.

– En somme je suis viré ?

– Comme vous voudrez, fis-je avec lassitude. Comme vous voudrez. Ça m'est égal.

– Eh bien, moi, je tiens à rester. Je vous ai déjà dit que je vous croyais.

– Ça va, espèce de boy-scout !

– Ne m'appelez pas comme ça, Stillman, dit-il d'un ton égal. Ça me déplaît. Ne m'appelez plus comme ça. Si je reste, je veux être votre ami, Stillman.

– Je vous demande pardon.

– O.K. Et maintenant, où en sommes-nous, Stillman ? C'est bien l'étage, hein ?

– Le vingt-deuxième... celui de Charles Calvin.

– Oui, j'ai vu. Mais un peintre aurait pu faire le boulot en quelques heures. Allons aux renseignements.

Nous retournâmes donc aux bureaux de Gilcuddy & Calvin et y entrâmes. A la réceptionniste, nous demandâmes si nous étions bien à l'étude en question : il s'agissait, expliquâmes-nous, d'une enquête pour le compte de l'*Officiel de la Loi* – un journal que nous venions d'inventer pour les besoins de la cause. Après quelques questions anodines, nous ressortîmes.

– Ça aussi, ça pourrait être de la mise en scène, dit Caselle avec entêtement. Redescendons et reprenons tout de zéro.

Nous descendîmes par l'ascenseur. En arrivant dans le hall, Caselle me saisit le bras avec un grand sourire.

– On ne peut soudoyer la compagnie des téléphones. Appelez-la.

Il y avait une cabine dans le hall. J'y entrai et composai un numéro que je ne connaissais que trop bien. Resté à la porte, Caselle m'observait. J'entendis par deux fois grelotter la sonnerie. Puis la voix impersonnelle d'une standardiste s'informa du numéro que je demandais. Je le lui dis.

– Il n'y a plus d'abonné à ce numéro, me déclara-t-elle tout uniment.

Je sortis pendant que Caselle essayait à son tour. J'entendais sa voix à travers la porte fermée de la cabine. Il insistait pour savoir depuis quand il n'y avait plus d'abonné à ce numéro.

– Alors ? demandai-je quand il m'eut rejoint.

– Achetez-nous donc quelques petits cigares, voulez-vous, Stillman ? Je les trouve bons.

J'achetai les cigares. Nous les allumâmes. Caselle examinait le sien d'un air pensif.

– Depuis trois ans, fit-il en hochant la tête. Attendez un peu, Stillman. Je ne vous traite pas de menteur non plus, je ne me traite pas de menteur non plus. Il ne faut pas voir les choses sous cet angle-là. Plus tard, peut-être, mais pas maintenant. Nous allons laisser mijoter le tout pendant quelque temps...

Il vit que je regardais l'appareil de mise en marche des ascenseurs et les liftiers qui, redescendus avec leurs cabines, attendaient d'être rappelés dans les étages.

– Vous en reconnaissez un ?

– Non.

– Et le type, au stand des tabacs ? murmura-t-il.

– C'est un nouveau.

– Si nous lui posions la question ? Et s'il allait nous répondre qu'il est ici depuis trois ans ?

– Posez-lui la question, dis-je, accablé.

Je suivis Caselle des yeux. Il acheta un paquet de cigarettes et demanda au petit homme olivâtre qui se tenait derrière le comptoir depuis combien de temps il occupait ce poste.

– C'est pour le recensement ? fit le petit homme olivâtre.

– Je suis flic.

– Depuis l'affaire Calvin, ça grouille de flics, ici.

– En voilà, une façon de parler, dit Caselle avec reproche. Je vous pose une question, pourquoi ne pas y répondre ?

– Je suis là depuis assez longtemps pour être prudent.

– Ce n'est pas une réponse. Ecoutez, je suis gentil avec vous. Vous tenez à ce que ça change ?

– Ça va, ça va. Je tiens ce stand depuis trois ans. C'est pas un crime, non ?

– Certainement pas, dit Caselle.

Il revint vers les ascenseurs, me prit le bras, me fit entrer dans une cabine.

– Nous remontons et, cette fois, nous allons compter les étages, Stillman.

Ses doigts s'enfonçaient dans mon bras.

– Nous sommes bien réels. Alors, détendez-vous. Vos muscles sont durs comme de la pierre.

Je ne répondis rien. Nous comptâmes les étages et sortîmes au vingt-deuxième. La même séance se répéta. Au bout du couloir, nous butâmes contre le mur nu. Une fois encore, je le palpai.

– Ce mur n'est pas récent, dit Caselle. Il est là depuis longtemps, Stillman. Tout est pareil, dans cette histoire : pas d'erreurs, pas d'accessoires de théâtre, pas de portes dérobées... il ne faut pas chercher l'exceptionnel, Stillman, car tout est parfaitement banal, normal, habituel, régulier... excepté le rat mort et le moineau mort. Mais après tout, pour les gens qui s'en sont servis, cela aussi peut être tout à fait banal.

– Mais ce matin même... commençai-je.

– Ça ne nous avance à rien d'ergoter là-dessus, Stillman. Je veux poursuivre les recherches. Battre le fer pendant qu'il est chaud. Vous avez une autre idée ?

Je hochai la tête.

– Alors on va inspecter le sous-sol, on va voir comment vous avez fait pour descendre quatre étages qui n'existaient pas.

Nous redescendîmes une fois de plus dans le vestibule. Il était maintenant tout près de cinq heures, et l'ascenseur était bondé. Tandis que la foule s'écoulait, je conduisis Caselle à la grande porte de cuivre, et nous la franchîmes. En pénétrant dans l'entrée, je revis toute la scène de la veille au soir, avec une netteté, une précision qui lui donnaient un caractère réel. Ce n'était ni un rêve, ni une illusion : simplement une aventure qui m'était arrivée vingt-quatre heures plus tôt. Je jetai un coup d'œil par-dessus mon épaule et retrouvai le même décor. Le souvenir que j'en gardais avait cette netteté de lignes qu'ont seuls les véritables souvenirs. J'allais descendre, mais Caselle me retint et me demanda de lui répéter ce qui, selon moi, s'était passé la veille.

– Pas « selon moi », protestai-je. C'est arrivé bel et bien.

– Que ce soit vrai ou imaginaire, si vous me le racontiez une fois encore ?

Je m'exécutai, décrivis en détail l'escalier, la jeune fille, le rouquin.

– Vous ne m'aviez pas dit qu'il était roux.

– Quelle importance, Caselle, la couleur de ses cheveux ?

– Aucune, sauf que le type qui nous a filés dans la 51ᵉ Rue avait les cheveux roux.

– Il était large d'épaules ?

– Charpenté, puissant... une gueule de carlin.

Nous descendîmes au sous-sol. C'était un sous-sol tout ce qu'il y a d'ordinaire. Lentement, Caselle contourna la base de l'escalier ; il frappait le sol du talon, examinait la maçonnerie, pour tenter de repérer l'emplacement de l'autre escalier s'il y en avait un. Mais il n'y en avait pas.

– Vous l'avez dit, lui rappelai-je. Pas de portes dérobées, pas de décors factices.

– Bon. On va essayer de retrouver ce gardien.

– Qu'à cela ne tienne, dit quelqu'un.

Nous nous retournâmes vivement pour nous trouver en face du rouquin. Il pointait vers nous un gros 45 menaçant et n'avait rien d'un gardien, à présent, avec son costume de tweed brun, sa chemise et sa cravate du bon faiseur et son feutre repoussé très en arrière. Il avait bien une gueule de carlin, mais d'un carlin qui n'aurait jamais été dressé. C'était la face bestiale d'une créature également bestiale ; il avait fallu toute une vie pour lui façonner ce visage. Aucun être humain ne naît avec une physionomie pareille : le visage est un miroir qu'on peut déformer, gauchir, torturer. Cet type avait une tête anormalement grosse, alors que l'homme en gris l'avait anormalement petite ; une tête massive, large, carrée, mais la bouche, elle, était très fine, très cruelle, et les yeux se cachaient sous des replis de chair et d'épais sourcils roussâtres. Les cheveux, taillés ras, étaient d'un orangé éclatant et, sur les mains charnues, les longs poils frisés avaient la même nuance. C'était une bête. Certaines bêtes sont douces. Celle-ci ne l'était pas. C'était une bête haïssable, et je la haïssais, tout comme Caselle. L'aversion que Caselle éprouvait pour le rouquin était évidente : évidente pour moi, évidente aussi pour l'homme qui nous dévisageait avec une froideur impassible. Seules frémissaient les narines de son gros nez épaté : à chaque souffle, elles se pinçaient, pour se dilater aussitôt.

Je commençais à mieux comprendre et à mieux sentir : je ne doutais pas que cet homme devant moi était une créature de Vincent. Il en portait la marque, tout comme l'homme en gris. Vincent n'était rien de plus qu'un nom, mais je pouvais déjà établir la fiche signalétique de ses séides. Il s'étaient dépouillés de toute humanité : tout ce qui avait contribué à la formation de l'homme, toutes les acquisitions de notre interminable et pénible passé alourdi de rêves, leur étaient étrangers ; ils faisaient partie d'une espèce nouvelle et terrifiante d'animaux. Et combien étaient-ils ? De combien de ces créatures disposait Vincent ? Combien étaient mûrs pour entrer dans la confrérie ?

– Qu'est-ce que vous voulez ? demanda le rouquin.

Il avait une voix faubourienne, plate, sans inflexions.

– Nous sommes flics, déclara Caselle. Tu ferais bien de remiser ton outil.

– Flics ? Plus souvent !

– Pourquoi tu ne rentres pas ton flingue ? reprit Caselle. Pour qui tu nous prends ? Pas la peine d'agiter ton pétard, comme un truand à la gomme.

– C'est peut-être bien ce que je suis, un truand à la gomme, qui sait ?

– C'est, en effet, possible, fit Caselle.

En cet instant, je ressentis pour lui de l'admiration et de la tendresse : derrière les yeux bleus, le visage de boy-scout, je découvrais l'énergie, l'intrépidité – et tout cela, malgré la peur : car je savais, sans discerner d'où me venait cette certitude, que le rouquin allait nous tuer. Et, au même instant, mes muscles se bandèrent, et j'amorçai le bond vers le pistolet. Le coup partit dans la fraction de seconde où, d'un geste violent, je déviai l'arme. J'eus l'impression de recevoir la balle en plein estomac, mais le rouquin m'avait manqué. Il perdit l'équilibre, tandis que je m'accrochais à sa main et au pistolet. Je tournais le dos à Caselle. Il se lança à la rescousse et balança son poing dans la figure du rouquin. Sans lâcher ni la main ni l'arme, je m'écartai pour envoyer un coup de pied dans les chevilles de l'homme. Je dégringolai, le rouquin tomba sur moi, mais, à l'instant même où je heurtais le sol en ciment, je vis le pied de Caselle qui écrasait la figure de l'homme roux. Sa main lâcha prise. J'arrachai l'arme, boulai et lui assenai de toutes mes forces un violent coup de crosse sur le crâne. Il ne bougea plus. Il faut un certain temps pour le raconter, mais le tout ne prit guère plus de deux secondes.

Caselle m'aida à me relever. Debout côte à côte, nous observions le rouquin qui gisait à nos pieds, inerte et muet à présent ; il avait un œil fermé, au milieu de la bouillie de chairs sanglantes, éclatées sous le pied de Caselle ; l'autre œil restait entrouvert, la bouche béait, un filet de sang coulait du nez épaté.

– Il est mort ? demanda Caselle.

Je me penchai, cherchai le pouls ; il était faible, mais il battait. Je fouillai les poches. Dans celle du pantalon, une pince serre-billets en or retenait une liasse de quatre-vingt-trois dollars ; dans celles de la veste, je trouvai quelques pièces de monnaie, un anneau avec deux clés, un mouchoir, un paquet de cigarettes... ni papiers ni portefeuille, ni carte. Je remis l'argent en place, mais glissai les clés dans ma propre poche.

– Qu'est-ce qu'on fait de l'arme ? demandai-je à Caselle.

Il me la prit des mains. C'était un 45 réglementaire de l'armée, trop gros pour la poche de veste dans laquelle le fourra Caselle. Nous nous époussetâmes mutuellement de notre mieux avant de remonter, laissant le rouquin sur le sol. Dans le vestibule, un garçon d'ascenseur nous dévisagea. Nous passâmes devant lui et gagnâmes la rue.

– Je boirais bien un coup, dit Caselle.

Il en avait bien besoin. Moi aussi. Nous traversâmes la rue et entrâmes chez Jimmy White, où nous nous fîmes servir un double bourbon chacun.

Chapitre 9

Joe Turtle

Dans le long bar de White, il y avait du nouveau. C'était l'époque des attractions toujours renouvelées : si un établissement exhibait un appareil de télévision avec écran géant, le voisin se croyait obligé d'avoir un présentateur de disques particulier. Ici, il y avait une fille, aux longs cheveux platinés, répandus sur ses épaules nues, qui jouait des rengaines sentimentales au piano. Elle avait beau jouer fort mal, c'était tout à fait ce qu'il nous fallait, à Caselle et à moi : nous venions de voir la mort de tout près, et la vie, pour le moment, nous apparaissait toute baignée d'une fraîcheur de rosée, comme il arrive lorsqu'on se dépouille de tout cynisme. Nous nous sentions aussi très proches l'un de l'autre : nous avions pu prendre mutuellement mesure de notre courage physique ; nous avions combattu ensemble et nous avions gagné, sur un homme armé, sur un tueur. Nous avions l'un pour l'autre de la sympathie et du respect. Nous étions, qui plus est, revenus à la réalité. Et Caselle me fit remarquer que nous ne devions plus la perdre de vue.

– Quoi qu'il arrive, il existe une explication logique. Cette histoire est un vrai labyrinthe et, si nous nous laissons égarer, nous sommes fichus. J'ai l'impression que c'est cela qu'ils cherchent.

– Certainement.

Je pensais au rat mort, au moineau mort.

– Alors, pas de labyrinthe, pas de rats, pas de magie. Ce soir, je m'occupe de Charles Calvin. J'ai un tas de choses à découvrir à propos de Calvin. Je veux savoir pourquoi il est tombé dans le vide.

– A moins qu'il ne se soit jeté dans le vide.

– Croyez-vous qu'il s'y soit jeté, Stillman ?

– Il s'est jeté, affirma le gros barman.

Il prit nos verres et adressa à Caselle un sourire rêveur.

– Un de vos amis ? demanda Caselle.

– On a demandé après vous, dit le barman, toujours souriant.

– Qui ça ?

– Un gros bras à cheveux roux. Encore un verre, mon chou ? demanda-t-il à Caselle.

– Ils ont de plus en plus de culot, vous ne trouvez pas ? fit Caselle. Non, fiche-moi le camp !

Le barman s'éloigna lentement, sans cesser de sourire. La blonde platinée chantait une romance qui parlait d'amour déçu. Je demandai à Caselle pourquoi il tenait à se renseigner sur Calvin ce soir même.

– Ils vont vite en besogne, vos petits amis, Stillman. Rudement vite. D'autre part, je veux que, ce soir, vous dénichiez un détail réel sensé, dans cet immeuble en face. Rien qu'un petit détail. Qu'est-ce que vous en pensez ?

Je n'avais pas envie de me retrouver seul, mais j'avais honte de le lui avouer, de lui dire que j'avais peur d'être seul. De plus, je n'entrevoyais, dans l'immeuble d'en face, aucun élément susceptible de rassurer le bon sens. J'étais incapable de penser avec bon sens. Je n'avais en tête que le rouquin. Par deux fois, au cours des dernières vingt-quatre heures, j'avais failli user de cette fureur latente, mais intégrante à la trame de la communauté humaine, pour accomplir un acte bestial contre une créature, plus bestiale d'ailleurs qu'humaine. Je songeais donc au rouquin qui s'était informé au bar à mon sujet quand, soudain, je la vis, dans la rue, arrêtée devant la porte.

– Joe Turtle, dit Caselle.

– Et si lui aussi faisait partie du rêve ?

Je ne regardais pas Caselle, je ne la quittais pas des yeux.

– Trouvez-le... tâchez de le trouver. Au diable les rêves !

– Oui, au diable !

Pendant une longue minute, elle resta là, sans bouger, à la porte du bar. Je ne voyais pas son corps. Rien que son visage. Mais ce visage, c'était celui que je connaissais, sans aucun doute.

– Autre chose, reprit Caselle. A plusieurs reprises, j'ai voulu vous questionner sur un point... je n'ai jamais pu aller jusqu'au bout. Ce calcul des prix de revient. Une petite affaire n'emploie pas un expert de ce genre : ça lui coûterait trop cher. Il s'agit donc d'une grosse affaire. De quoi s'occupait Garrison & Cie ? Vous ne me l'avez jamais dit, Stillman.

– Non... c'est vrai. Tournez-vous vers la porte, Caselle. La voilà.

– Qui ?

J'étais un tout petit peu ivre. Je déclarai :

– Je suis en enfer... je suis damné, Caselle. Je vis dans un cauchemar, je n'existe pas, et vous êtes le seul ami que j'aie au monde. Mais je serais prêt à donner ma vie pour cette nana qui est là, à la porte. Et c'est peut-être bien ce qui arrivera, Caselle... peut-être bien.

– Mais de qui parlez-vous ? Pour l'amour du ciel, Stillman, de qui ?

Elle était debout sur le seuil. Ses yeux grands ouverts faisaient le tour de la salle. Et, pour moi, c'était la femme la plus belle que j'eusse jamais vue ou connue. C'est alors que Caselle l'aperçut. Il comprit aussitôt qui elle était.

– Je ne suis pas d'accord, dit-il.

– Allez au diable !

– Non, je ne suis pas d'accord... Vingt dieux, Stillman, voulez-vous me laisser mener cette affaire à mon idée ? Trouvez Joe Turtle, questionnez-le, et rappelez-moi à mon bureau vers minuit.

– Pour m'entendre dire qu'il n'y a plus d'abonné à ce numéro depuis trois ans ?

– **Je sais ce que je fais.**

– **Allez au diable, dis-je.**

Ces mots marquèrent la fin de quelque chose. Combien de fois les lui avais-je répétés – ces mots-là, ou d'autres tous semblables ? Les mêmes mots, les mêmes pensées... toute une série de petites cassures. Cette fois, Caselle me regarda un moment droit dans les yeux, il m'effleura le bras de la main et sortit. J'avais envie de me retrouver petit enfant pour pouvoir pleurer, parce que je vivais au milieu d'un univers trop cruel. Elle était toujours devant la porte. Elle ne bougea pas quand Caselle passa près d'elle, et pourtant leurs épaules s'étaient touchées, au moment où il franchissait la porte. La moitié des hommes dans le bar la regardaient, maintenant : elle était plus agréable à regarder que la pianiste blonde platinée.

Elle vint me rejoindre, me demanda ce que je buvais

– Du bourbon. Sec.

– Vous prenez un verre avec moi ?

– Certainement.

Je fis signe au gros barman, qui me gratifia d'un beau sourire et s'enfonça la tête dans les épaules d'un air de reproche, tout en nous servant. Nous bûmes. Elle ne prononçait pas une parole. Moi non plus.

Les verres une fois vidés, je lui dis :

– Allons-nous-en.

– D'accord.

Je payai. Elle prit mon bras et nous sortîmes dans la fraîche soirée de printemps. Nous descendîmes Broadway, en direction de la Batterie. Nous parvînmes à la Batterie, et, durant tout le trajet, elle ne parla qu'une seule fois :

– Qui est votre ami, David ?

– Je n'ai pas d'amis.

Nous étions au bord de l'eau, nous regardions la baie splendide, vivante, grandiose et déserte dans le crépuscule. Je pris la fille dans mes bras et l'embrassai : c'était comme d'embrasser une femme pour la première fois, même s'il y en avait eu bien d'autres auparavant. Combien elles étaient, je n'en savais rien. Tout ce que je savais, c'est que je serais mort volontiers, pour découvrir, pour connaître le goût de ce baiser. Pourtant, j'étais sans illusions : ses lèvres étaient palpitantes, avides, expérimentées, les lèvres d'une fille surprise par la passion. J'aurais été bien en peine de démêler en moi l'amour et la haine, l'adoration et le dégoût.

Quand je la libérai, nous demeurâmes un moment immobiles, à regarder l'eau. Nous ne disions rien, nous regardions l'eau. Je me sentais à présent torturé de désir. Ce désir, elle l'eut éveillé chez n'importe qui.

Je fis un pas en arrière, pour mieux la regarder. De toute évidence, les problèmes d'habillement n'existaient pas pour elle. Elle portait, cette fois, un manteau vert pâle sur une robe de soie d'un vert plus foncé. A la voir, à la respirer, à la toucher, on sentait qu'il y avait du fric derrière. Ses vêtements reflétaient sa personnalité, mais ils me rappelaient autre chose aussi : toutes les créatures de Vincent s'habillaient bien, luxueusement. Elle vit que je la regardais et haussa les sourcils, comme pour demander si tout était bien, si cela me convenait.

– Parfait, dis-je. Vous êtes très belle. Pourquoi ne m'avez-vous pas adressé la parole, au parc ?

– Il ne fallait pas que je vous parle, David.

– Et maintenant, vous en avez le droit ? C'est Vincent qui vous l'a permis ?

– Taisez-vous, David.

– Qu'allons-nous faire ensuite, mon amour ?

– Ne parlez pas ainsi, David.

– Alors, dites-moi votre nom.

– Shela.

– Shela comment ?

– C'est tout, David.

– C'est tout ? Plus de questions... plus de réponses ? Dois-je maintenant attendre que vous suiviez vos consignes ?

– Je n'ai pas de consignes à suivre, David.

– Sale petite menteuse !

Elle pivota sur ses talons, commença de s'éloigner. Je me disais : elle va faire dix pas, puis elle s'arrêtera ; elle attendra un petit moment avant de rebrousser chemin ; enfin, elle lèvera les yeux vers moi et me demandera pourquoi je ne quitte pas la ville, pourquoi je ne vais pas me cacher quelque part, vite... Les chose se passèrent comme prévu. Elle me faisait face et elle me regardait, et moi, je lui souriais. Tout en souriant, je sentais que tous les petits muscles autour de ma bouche frémissaient nerveusement, parce qu'il me fallait les diriger, les contrôler séparément ; mais il n'y avait en moi nulle trace de gaieté, rien qu'une peur écœurante. Elle se serrait contre moi. Elle me parlait, elle m'appelait « David », comme si elle savait tout ce qu'on pouvait savoir de moi, mon passé et jusqu'à mon avenir – ce qui était bien possible. Je ne pouvais la questionner : je savais que je n'obtiendrais aucune réponse, rien que des mensonges, encore des mensonges. Je finis par dire :

– Venez dîner avec moi.

– Entendu, David. Je ferai tout ce que vous voudrez.

– Réellement ?

– Vous le savez bien, David.

– Mais non, je ne le sais pas. Je ne sais rien de vous.

Je la saisis par les épaules et la renversai en arrière. Je scrutai son visage. J'y lus la peur, une peur qui n'était pas feinte. Je la serrai ainsi, pour voir si elle allait se débattre. Elle n'en fit rien. Sa chair et ses os, sous mes doigts, étaient plus fragiles que je ne l'avais cru, plus tendres, plus délicats. Une fois de plus, je me sentis éperdument attiré vers cette femme. Le besoin que j'avais d'elle semblait justifier n'importe quoi, même j'écoutai sa prière :

– Ne me posez plus de questions, David.

– On va aller dîner.

– Mais il ne faut pas me poser des questions, David, et me traiter de menteuse.

– Vous n'êtes pas menteuse ?

– Très bien, comme vous voudrez.

Nous allâmes à pied jusqu'au ferry ; là, nous trouvâmes un taxi qui nous conduisit à un restaurant italien, à l'angle de la 47e Rue et de West Side. Nous prîmes chacun un Martini et du vin au cours du dîner : les angles en furent adoucis. Mais nous parlâmes peu. Je la regardais, je ne pouvais me rassasier de la regarder. Je me rendais bien compte que j'étais en train de tomber amoureux d'elle. J'étais en train de m'éprendre d'une créature de Vincent, d'une adorable petite menteuse, d'une putain, de je ne sais qui encore qui était, peut-être, encore pire ; et, du coup, je me sentis dépouillé de ma peur, j'atteignis un degré d'ivresse où tout n'était plus que romanesque douceur ; j'en oubliais Caselle, les rats morts, les cauchemars et ce petit psychiatre gras qui prétendait que je n'étais pas fou alors que je lui apportais des preuves flagrantes de ma folie. J'aurais tout oublié, si je ne m'étais souvenu de la dernière question de Caselle, demeurée sans réponse. De quoi s'occupait Garrison & Cie ? J'étais expert en calcul de prix de revient. Quel était le produit manufacturé dont j'estimais le coût ? Et qu'aurait dit Caselle, si je lui avais avoué que je n'en savais rien ?

– Qu'est-ce qui se fabriquait chez Garrison & Cie ? demandai-je à Shela.

– Qu'est-ce que c'est, Garrison & Cie , David ?

– Qu'est-ce que c'est que Vincent ? répliquai-je sur le même ton. Qu'est-ce que c'est que David ? Et vous, chère enfant, qu'est-ce que vous êtes ?

– Cela, David, vous le savez.

Je me levai de table, m'excusai avec la conscience de m'exprimer avec une courtoisie recherchée et maladroite, et me dirigeai vers les cabines téléphoniques. J'essayai d'abord l'annuaire de Manhattan, puis celui de Brooklyn, enfin celui du Bronx : ce fut dans celui-ci que je trouvai un Joseph L. Turtle. Il se dégageait de cette ligne imprimée une sorte de dignité qui n'était pas due à l'initiale intercalée, mais à la réelle respectabilité de ce petit homme, l'une des très rares personnes au monde que je connusse, avec qui j'étais en relation. J'appelai le numéro et laissai le timbre résonner six fois avant de renoncer. Je notai l'adresse et revins à ma table.

– Que faites-vous, ce soir, David ? demanda Shela.

– Des visites.

La déception qui parut sur son visage était authentique ; elle me dit qu'elle avait pensé passer la soirée avec moi.

– C'est bien ce que vous allez faire. Où je vais, ma chère Shela, vous irez aussi.

– Et où allons-nous, David ?

Je lui fis un sourire mi-figue mi-raisin et déclarai que, puisque moi, je savais si peu de choses et qu'elle en savait tellement, je garderais mon petit secret. Mais, une fois dans le taxi, quand j'eus donné l'adresse dans l'East Bronx, elle se jeta sur moi avec une rage soudaine, animale, et me somma de faire arrêter la voiture pour la laisser descendre.

– **Pourquoi, Shela ? questionnai-je.**

– **Parce que je vous le dis !**

– Mais rien de ce que vous me dites n'a le moindre sens, voyons !

– Arrêtez ! cria-t-elle au chauffeur.

Mais je l'attrapai par le bras et lui meurtris la chair si bien qu'elle se recroquevilla de douleur, et, quand le chauffeur se retourna, je lui dis d'un ton bon enfant :

– Au diable, les femmes !... On rentre à la maison.

Il continua et je la lâchai. Elle poussa encore quelques petites plaintes, puis ouvrit son sac à main – je crus que c'était pour y prendre un mouchoir –, en tira un petit automatique argenté et me l'enfonça dans l'estomac, en murmurant :

– Si vous ne me laissez pas descendre, David, je vous tue.

Elle avait dit cela d'un ton neutre, catégorique, qui ne laissa aucun doute dans mon esprit.

– Très bien, répondis-je. Parfait. Ça m'est égal. Je m'en fous éperdument, ma chère Shela. Je n'ai pas spécialement envie de vivre. Ça ne m'ennuierait pas spécialement de mourir. Cette partie de moi qui devrait avoir envie de vivre, je l'ai perdue, elle a disparu ; elle s'est volatilisée, ma chère Shela... Et il semble bien que je ne puisse plus aimer sur terre qu'une sale petite pute comme vous.

– Pourquoi me parlez-vous ainsi ? gémit-elle.

– Pourquoi voulez-vous me tuer ?

Elle remit le revolver dans son sac, se blottit dans un coin et se mit à pleurer, à croire que c'était la première fois de sa vie qu'elle pleurait sincèrement. Mais, quand je tendis la main vers elle, elle eut un mouvement de recul, comme si elle voyait un serpent. Après cela, je fus incapable de la toucher, je n'en avais même plus le désir : si mauvaise qu'elle fût, si bas qu'elle fût tombée, son geste avait suffi pour me convaincre que j'étais pire encore. Je ne regrettais qu'une chose – qu'elle n'en eût pas fini une fois pour toutes.

Le taxi poursuivait sa route, à travers Harlem, il franchissait le pont, il longeait les interminables rangées d'immeubles à bon marché de l'East Bronx. Mon ivresse s'était dissipée ; j'étais parfaitement lucide. Mais les effets de l'alcool se faisaient encore sentir sur mon cerveau et les façades plates des immeubles qui défilaient sous mes yeux devinrent la toile de fond d'un nouvel acte, dans mon univers de cauchemar. La beauté avait disparu, on avait extirpé la beauté comme on presse d'une éponge la dernière goutte d'eau. Il ne restait que le squelette desséché, malléable, de ce qui, naguère, avait été doué de vie. Et l'état de dépression dans lequel je me trouvais correspondait bien à cette évidente et sombre réalité.

Je n'étais plus horrifié, mais l'horreur formait au-dedans de moi une masse pesante, écœurante. Cette horreur ne m'était pas inconnue : c'était plutôt la prise de conscience d'une émotion qui m'habitait depuis longtemps. A quelle espèce d'homme appartient l'homme sans amis ? Quelle est la profession de l'homme sans amis ? Quelle était ma profession, à moi qui estimais le coût de ce qui n'existait pas, dans une firme qui n'existait pas, à une époque qui, pour moi, n'avait pas non plus d'existence ? Et quand j'arriverais au but de ma course, ce serait pour découvrir que Joe Turtle n'existait pas non plus. Alors se briserait le dernier lien qui me rattachait à la raison, et le monde, tel que le connaissent les hommes, disparaîtrait.

Finalement, le chauffeur déclara :

– Nous y voilà, mon pote.

Je lui donnai trois dollars, ce qui lui faisait soixante cents de pourboire. Shela descendit. Je la suivis. Nous nous retrouvâmes dans cette rue vide, où l'on ne voyait même pas flâner un garçon ou une fille, où il n'y avait personne pour rire, danser, chanter. Le taxi disparut.

La maison devant laquelle nous nous trouvions faisait partie des vieux immeubles locatifs appartenant à une compagnie de chemins de fer ; c'était un bâtiment en brique rouge, étroit et triste, de ceux qui comportent, à chaque étage, deux logements lugubres, sordides, sans confort, tout en longueur, et qui n'ont de lumière que sur le devant et sur les arrières, avec des tunnels d'obscurité dans le milieu.

– Ne m'obligez pas à vous accompagner, dit Shela.

– Mais si, justement : vous venez avec moi.

Elle ne protesta plus, et nous entrâmes dans le vestibule, où la lumière était tout juste suffisante pour déchiffrer le nom des locataires. Je crois bien que ma respiration s'interrompit, le temps de lire ces noms. Je crois bien que l'univers entier – mon univers, celui qui n'avait de sens, de logique et de propos qu'en fonction de mon équilibre mental – resta en suspens, tandis que je cherchais un nom parmi les autres. Quand je le trouvai, je laissai échapper un soupir de soulagement et de reconnaissance. C'était bien ça...

Joseph L. Turtle, 4e droite, disait le tableau. Ce qui signifiait qu'au quatrième étage, sur cour, vivait l'unique lien qui me rattachait à la raison. Il y avait là-haut un petit homme taciturne, aigri, qui avait sa fierté, sa dignité, qui ne me mentirait pas, qui ne me cacherait pas ce que je devais savoir.

– Venez, nous montons, dis-je à Shela.

Je la pris par le bras et l'entraînai dans l'escalier. La porte était munie d'une de ces sonnettes à l'ancienne mode, qu'on tourne, au lieu d'appuyer dessus ; plus bas, en lettres bien moulées, bien nettes, une carte portait son nom : *Turtle*. Je fis tourner la sonnette et, en même temps, j'éprouvai une étrange répugnance à l'idée de pénétrer, sans y être invité, sans y être attendu, dans un de ces pauvres refuges, plus ou moins inviolés, que sont les logis des hommes. Là, dans cette minable vieille ruine, bâtie soixante ans auparavant, non pas pour qu'y vivent des hommes, mais pour faire, sans grands frais, un placement avantageux, là se trouvaient les petites cavernes dans lesquelles des hommes et des femmes luttaient désespérément pour maintenir la fierté, la paix, la dignité, dans un monde agonisant. En tournant la sonnette, donc, je ressentis cette répugnance à m'immiscer dans leur existence.

Il n'y eut aucune réponse et, pour commencer, j'en fus presque soulagé. Je tournai la sonnette à dix reprises, pour le moins, mais, à l'intérieur, personne ne donna signe de vie. On n'entendait aucun bruit.

La fille était près de moi, si près que je sentais la forme de son corps contre le mien. Je sentis aussi les frissons qui la parcouraient et, une fois le tremblement maîtrisé, ses muscles qui se tendaient et qui durcissaient.

– Il n'y a personne, dit-elle.

Je ne pense pas que ce fut le résultat d'une pensée

consciente : je fouillai dans ma poche, et ma main rencontra les clés que j'avais prises au rouquin. La première n'entrait pas dans la serrure ; la seconde ouvrit la porte.

A l'intérieur, il faisait sombre. La porte donnait directement sur la cuisine, comme toujours, dans ces vieux immeubles des chemins de fer. A la lueur qui venait du couloir, je distinguai une chaîne qui pendait du plafond, au milieu de la pièce. Je la tirai, la lumière s'alluma.

– Entrez, dis-je à Shela.

Elle entra et referma la porte derrière elle. Son visage avait la pâleur d'un masque de cire. Je me retournai. Derrière moi, tassé dans un coin, près du poêle, je vis Joe Turtle. Des coups assenés dans une crise de folie meurtrière lui avaient défoncé le crâne. Sa cervelle et son sang se répandaient sur le sol de la cuisine.

Chapitre 10

La famille

Il faut bien le dire, je commençais à me faire une certaine image de Vincent. A l'œuvre, on reconnaît l'artiste, chaque petit détail d'une sculpture exprime une facette de sa personnalité. Ce meurtre portait la signature de Vincent. Il ne lui suffisait pas de tuer ; il lui fallait s'offrir toutes les joies de la destruction – écraser, défigurer le vaisseau qui avait naguère contenu de la vie. Point n'avait été besoin de s'acharner pour ôter la vie de Joe Turtle : un seul coup assené par le rouquin, musclé et bestial, aurait suffi ; un seul coup avait, en effet, suffi pour tuer ce frêle bonhomme, mais, après cela, la fête avait continué ; je ne sais quelle arme avait été employée, mais on avait pilonné ce crâne, jusqu'à ce que la chair et les os éclatent et que la cervelle jaillisse.

C'était moins l'œuvre du rouquin que celle de Vincent, cela j'en étais sûr, sans savoir d'où me venait cette conviction.

Je visitai les autres pièces : elles étaient désertes et banales, bien tenues, garnies d'un mobilier triste et bon marché qui datait de deux générations. Le salon contenait un canapé et deux fauteuils capitonnés, une table d'angle encombrée de bibelots de pacotille et un tapis d'Orient usé jusqu'à la corde. Et tout cela était si bien entretenu ! Et moi, j'étais si convaincu que jamais le petit homme ne venait s'asseoir là, sous les deux photos voilées de crêpe noir : celle d'un petit garçon et celle d'une femme âgée d'une quarantaine d'années, sans beauté, aux yeux mélancoliques... Un petit vieux, qui ne faisait de mal à personne, qui accomplissait son petit boulot quotidien, qui vivait, tranquille et respectable, avec ses morts... et c'était ainsi qu'il avait fini, acculé à ce poêle, tandis que la mort s'abattait sur sa tête...

Je me sentais inondé de colère. J'étais vidé de tout autre sentiment, mais ma colère était violente, bouillonnante !

Je revins dans la cuisine, me penchai sur ce corps horriblement défiguré, tâtai la main. Elle n'était pas complètement froide, et les doigts que je repliai obéirent sans trop de résistance. Quand j'avais téléphoné, le crime ne devait pas être perpétré depuis bien longtemps.

Je me tournai vers la fille. Elle n'avait pas bougé de son coin, près de la porte : elle avait seulement vomi sur la toile cirée bleu et blanc. A présent, les mains sur les yeux, elle grelottait, comme tout à l'heure, dans le taxi. **Je m'approchai d'elle, lui découvris brutalement le visage, l'obligeai à tourner la tête vers le poêle.**

– Regardez-le ! dis-je d'une voix rauque. Regardez-le donc, mon trésor. Ce n'est pas la première fois, hein ?

– Oh, Seigneur !... David... emmenez-moi !

– Regardez-le !

– Je ne peux pas le regarder. David... je vous en prie, emmenez-moi !

Elle avait fermé les yeux. Sans la lâcher, je lui soulevai du pouce une paupière.

– Regarde, salope !

– Je vous en prie, je vous en prie, David !

– Et parle-moi de Vincent... Dis-moi tout ce que tu sais de lui. Où est-il ?

– Emmenez-moi, David ! Vous ne comprenez donc pas que la police va arriver ? Ils savent que nous sommes ici. Ils savent tout. David, écoutez-moi !

– Non, c'est toi qui vas m'écouter !

Je l'empoignai par les cheveux, lui tirai la tête en arrière, la cognai contre le mur. Elle gémit comme un animal blessé.

– Où est Vincent ?

– Je n'en sais rien !

– Où est Vincent ?

– Je n'en sais rien, David, je le jure ! Je le jure !

– Où est-il ?

Mais elle restait là, muette, maintenant, les paupières closes, le visage contracté par la souffrance. C'est alors que j'entendis, en bas, dans la rue, le hurlement perçant des sirènes de police. Je la lâchai. J'éteignis la lumière et nous sortîmes dans le couloir. Mais ils étaient déjà à la porte de l'immeuble. Nous montâmes l'escalier, mais, à l'étage supérieur, nous ne trouvâmes qu'un vasistas, sans escalier, sans même une échelle pour y accéder. Et ils martelaient à présent la porte du logis où reposait le corps de Joe Turtle.

J'adoptai la seule solution possible, le seul espoir, l'unique et mince chance de salut. Je tournai le bouton de la porte la plus proche. Elle n'était pas fermée à clé et j'entrai, tirant Shela après moi. Je refermai la porte. Nous nous trouvions encore dans la cuisine, pareille à l'autre, mais habitée, celle-ci. Assis à la table, au milieu de la pièce, un Noir en chemise lisait un journal. Il leva sur nous des yeux surpris, un peu effrayés. C'était un homme de mon âge ou à peu près, avec un visage rond, énergique, d'épais sourcils et un front sillonné de rides. Sa femme, devant l'évier, faisait la vaisselle : une femme à la peau brune, qui avait dû être jolie, mais dont le visage s'était creusé et durci par trop de travail et de soucis. Tous deux nous regardaient... plus curieux et surpris qu'apeurés.

– Que voulez-vous ? demanda l'homme.

Il n'obtint aucune réponse, mais les sirènes de police se remirent à hurler, et c'était là une réponse suffisante.

– Il y a en bas un petit homme, nommé Joe Turtle...

– Un brave homme, fit la femme.

– C'était mon ami. Il est mort, maintenant, on l'a tué, et, si on nous découvre, on aura de bonnes raisons de croire que c'est nous qui l'avons tué.

– Nous ne voulons pas d'ennuis, dit le Noir. Pourquoi êtes-vous entrés ici ? Nous n'avons vraiment pas besoin de ce genre d'histoires.

– C'est mauvais, ça, dit sa femme. C'est ce qu'il y a de pire, comme embêtements.

– Ce n'est pas nous qui l'avons tué.

– Personne ne dit le contraire, m'sieur, mais si les flics le croient et qu'ils vous trouvent ici, qu'est-ce qu'on devient, nous autres ?

– Pourquoi a-t-il fallu qu'on le tue ? demanda la femme. Un petit homme tranquille et travailleur comme lui... pourquoi a-t-il fallu qu'on le tue ?

– Vous feriez mieux de partir, m'sieur, reprit l'homme. Les gens comme vous, ça amène les coups durs et la mort. Nous avons trois petits qui dorment à côté. Qu'est-ce qu'ils deviendront si on a des ennuis ?

– Les ennuis, on n'a pas à les chercher. Ils vous trouvent tout seuls, dit la femme.

– Ils nous ont trouvés, dit Shela, et Dieu sait que nous avons notre compte. Vous allez nous chasser ?

L'homme étendit ses mains, bien à plat, sur son journal : des mains aux doigts effilés, durcis par le travail. Il regarda Shela bien en face et lui demanda :

– Mettez-vous à ma place, m'dame ; je viens vous trouver comme ça : vous êtes noire, je suis blanc, je suis peut-être un assassin, pire peut-être, et jamais rien de bon n'est venu d'un Blanc pour un Noir... qu'est-ce que vous diriez, m'dame ?

– Il n'y a jamais eu de place dans ma vie pour la pitié, murmura Shela.

– Faut-il qu'il y en ait dans la mienne ?

– Oui.

– Et pourquoi ça, m'dame, pourquoi ? Regardez ma femme, là, devant l'évier, et ce que le travail a fait d'elle, qui était jeune et jolie, dans le temps, comme vous... Regardez-moi : mon travail, c'est de nettoyer les toilettes, parce que mieux vaut ça que pas de boulot du tout et ça permet à mes gosses de manger. Tout ce que nous avons au monde, c'est ces gosses-là, m'dame... et vous venez me demander de la pitié ? Mais pourquoi ? Pourquoi ?

– Je n'en sais rien, murmura Shela.

Les larmes roulaient le long de ses joues.

La sonnette retentit. Un son brutal, arrogant : c'est ainsi que sonnent les flics. L'homme me regarda. Mais la femme s'essuya les mains. Elle vint vers nous, prit Shela par la main, puis moi, et nous conduisit dans une pièce obscure. Nos yeux ne distinguaient rien, mais l'air était vaguement remué par le souffle des enfants endormis. Elle resta près de nous, pendant que son mari parlait avec les policiers. Elle était là, avec nous, et, autour de nous, les enfants endormis respiraient.

– Vous n'avez rien vu ? Rien entendu ? demanda le flic.

– J'étais là en train de lire mon journal.

– Il y a combien de temps que vous êtes là ?

– Je n'ai pas bougé de toute la soirée, dit le Noir.

La porte se referma. La femme nous ramena dans la cuisine.

– Asseyez-vous, asseyez-vous, dit-elle à Shela.

Shela s'assit à la table de cuisine et la femme lui apporta une tasse de café.

– Buvez, dit-elle. Buvez, mon chou. Ça vous fera du bien, pour sûr.

– Pourquoi avez-vous fait ça ? demandai-je.

– Buvez, mon chou, répéta-t-elle. Je n'aurais pas pu vous mettre dehors, me répondit-elle ensuite. Si je vous avais mis dehors, ça m'aurait pesé sur le cœur.

Alors Shela enfouit son visage dans ses mains et se mit à pleurer.

– Laissez-la pleurer, dit la femme. Ça n'a jamais fait de mal à personne, de pleurer.

Chapitre 11

La nuit

La lune était presque à son plein. Quand nous partîmes, un rayonnement argenté éclairait notre chemin.

Le Noir nous avait prêté un escabeau qui m'avait permis d'ouvrir le vasistas. Je me faufilai par l'ouverture. Puis, je me penchai pour soulever la fille et la hisser près de moi. Enfin je refermai le vasistas.

Nous étions tous deux sur le toit, baignés par l'air frais de la nuit.

J'avais tenté de donner de l'argent au ménage, mais ils n'avaient pas voulu l'accepter. Nous n'avions rien d'autre à leur offrir, Shela et moi. Je ne pouvais rien dire ni rien faire, mais Shela embrassa la femme et s'accrocha à elle un instant.

Une fois sur le toit, je demandai à Shela :

– Avez-vous découvert là quelque chose que vous n'aviez trouvé nulle part ailleurs ?

– Nulle part ailleurs.

– Vous en savez plus à mon sujet que je n'en sais moi-même, Shela. Suis-je maudit et damné comme vous ?

Tout d'abord, elle ne parut pas m'avoir entendu. Puis elle me regarda et acquiesça, d'un léger signe de tête. Je passai un bras autour de sa taille, et nous traversâmes ce toit-là, et le suivant, et encore le suivant. Nous marchions ainsi, momentanément purifiés, lavés, profondément tristes et pourtant pas absolument malheureux. Je ne ressentais plus aucune colère à son égard. J'avais l'impression de connaître tout d'elle, l'intérieur comme l'extérieur, ce qui était terni et ce qui avait encore gardé son éclat.

Nous trouvâmes une porte, qui nous donna accès à un escalier et nous parvînmes à la rue. Une fois de plus nous nous remîmes en marche, main dans la main, en direction de l'ouest, jusqu'aux collines de l'Université. Main dans la main, nous marchions par les rues silencieuses, dans le clair de lune et la lumière des lampadaires ; rue après rue, nous avancions sans fatigue ; nous nous sentions pleins d'une brève et merveilleuse ardeur, celle de la jeunesse heureuse, nous étions conscients d'une brève, d'une éphémère intégrité qui nous avait été donnée – ou prêtée – par le Noir et sa femme. Tous nos composants disparates, déchiquetés, éparpillés, les « moi » qui se faisaient la guerre au-dedans de nous, se trouvaient soudain rassemblés. Nous étions un homme et une femme, réunis, dans une parfaite harmonie et nous possédions en commun un peu d'amour, un peu de pitié, un peu de bonne volonté ; pour nous, c'était énorme. Nous avions émergé de quelque horrible et inhumaine contrée, où des êtres inhumains vivaient, s'agitaient, commettaient d'horribles forfaits ; même si nous n'étions qu'en sursis, nous pouvions du moins goûter au paradis, un paradis bien modeste, bien humble, mais qui nous suffisait.

Pendant tout le trajet, qui dura plus d'une heure, je crois, nous n'échangeâmes que peu de paroles. Certaines questions auraient brisé cette félicité. Je ne posai donc pas à Shela ces questions-là mais me contentai d'autres, plus anodines. Où était-elle née, par exemple ? Elle me répondit : à Chicago. Ses parents étaient hongrois et, durant son enfance, elle n'avait parlé que leur langue ; elle en gardait une pointe d'accent.

– Et moi, savez-vous où je suis né, Shela ?

– En Ecosse, je crois.

– Et savez-vous qui je suis, Shela ?

– Je le sais.

– Mais vous ne voulez pas me le dire.

Elle me regarda et nous poursuivîmes notre chemin. Son visage avait maintenant une expression nouvelle : ce n'est pas de la pitié que j'y découvrais, car la pitié n'est pas l'amour, et c'était de l'amour que je voyais, sans aucun doute ; et aussi une tristesse, une sympathie, une tendresse, étrangères à son personnage et qui surprenaient.

– Je ne vous le dirai pas, David. Il vaut mieux que je ne vous le dise pas.

– Comment se fait-il que je ne le sache pas ? Qu'est-ce que j'ai donc ? Oh, Dieu, qu'est-ce qui ne va pas chez moi, Shela ?

– Je ne suis pas sûre...

– Mais vous croyez savoir !

– Vincent a dit... mais je ne le crois pas.

– Qu'a dit Vincent ?

Elle secoua la tête.

– Shela... savez-vous ce que c'est que de penser... d'avoir, au sujet de soi des idées affreuses, cruelles... de douter de sa raison, de douter même qu'on appartienne à l'humanité ?

– Oui, je le sais, murmura-t-elle. J'ai eu de ces doutes, sur moi-même. Etre humain est une chose. appartenir à Vincent en est une autre. Mais nous sommes nombreux... très nombreux, David. Nous ne lui appartenons pas tous, mais nous ne ressemblons pas à des êtres humains.

– Et vous ne voulez pas me dire qui je suis, repris-je d'un ton morne. Ce serait un tout petit grain de saine raison... mais vous me le refusez, n'est-ce pas ? Dans quel camp êtes-vous donc ? Dans le mien, ou dans celui de Vincent ?

– Vous criez trop fort, David.

Je criais, en effet. Un agent était posté sous le lampadaire, au coin de la rue, droit, indifférent, lointain. Il me regarda, il me dévisagea même.

– Je suis désolé, dis-je.

– Non, David, vous n'êtes pas désolé. Vous avez peur, David ! Que Dieu vous vienne en aide.

– Pourquoi ne m'aidez-vous pas, vous ?

– Je ne peux pas, David.

– Mais dans quel camp êtes-vous ?... Ça, au moins, vous pouvez me le dire.

– Je ne suis pas sûre de pouvoir changer de camp, David. David, mon chéri.

Tel un enfant, je la suppliai.

– Je vous en prie, je vous en prie, dites-moi qui je suis.

– Je ne peux pas vous le dire.

Je lui posai encore une question.

– Pourquoi ai-je eu tellement peur de la police ?

– Je ne peux pas vous le dire non plus, David.

– Vous ne voulez pas me le dire ?

– Je ne le peux pas.

Finalement, nous parvînmes à une station de métro. Nous gagnâmes le quartier du centre, trouvâmes un bar et bûmes du cognac en nous contemplant l'un l'autre. Là, je ne lui posai qu'une seule question :

– Shela, m'aimez-vous ?

– Je n'ai jamais aimé personne d'autre, que Dieu m'en soit témoin.

– Je n'en crois rien.

– Je le sais bien.

– Voulez-vous venir chez moi ?

– Si vous voulez... ce n'est pas pire que chez moi, ou ici, ou n'importe où.

De nouveau, elle avait peur.

– Pourquoi faut-il que Vincent me liquide ?

Mais elle secoua la tête sans vouloir me répondre. Après cela, je ne posai plus de questions. De toute manière, je me moquais des questions et de leurs réponses, de Vincent et du reste, de tout, sauf de cette femme, qui représentait pour moi toutes les femmes. Tout ce que je désirais, c'était de l'avoir à moi, d'être avec elle.

Nous allâmes à pied à mon appartement. En chemin, elle ouvrit son sac, y prit quelque chose qu'elle glissa dans la poche de ma veste. Je tâtai ma poche ; c'était le revolver.

– Si vous rencontrez l'un d'eux, David, faites-en usage, vite.

Elle parlait d'un ton neutre, indifférent. Je demandai sur le même ton :

– Auriez-vous changé de camp ?

– Je n'en sais rien, David. Il n'a ni chien, ni cran de sûreté, et la détente est douce. Il est petit, mais c'est un calibre trente.

– Vous vous y connaissez en armes.

– Et vous, David ?... Ne faites plus ça, ajouta-t-elle.

– Quoi ?

– Ne prenez pas ce ton ironique avec moi... plus jamais.

– Je ne le ferai plus.

– Merci, David, dit-elle.

Mais nous ne rencontrâmes personne. Mon studio était désert et tel que je l'avais laissé. Je la regardai entrer : elle était déjà venue. C'est là une chose assez facile à voir et je ne pus en douter. Oui, elle était déjà venue.

Au diable, me dis-je. Au diable ! Tu lui as fait une promesse.

Elle se débarrassa de son sac, de ses gants, ôta son manteau. Sa robe n'était pas tissée d'or, mais c'était tout comme. Le prix aurait suffi à payer les notes d'épicerie d'une famille pauvre pendant un an au moins. Une fois de plus, malgré moi, je songeai que les créatures de Vincent s'habillaient toutes avec goût et un luxe exceptionnels. Shela bâilla, s'étira voluptueusement. Puis elle revint à la porte, tourna le verrou, assujettit la chaîne. Enfin, elle se laissa tomber sur le lit, envoya promener ses chaussures, replia ses jambes sous elle, et resta là à me regarder.

– Vous voulez boire quelque chose ?

Elle acquiesça. Je passai dans la cuisine, préparai des bourbons à l'eau ; pendant que j'étais ainsi occupé, le téléphone sonna.

– Ne répondez pas, David, dit-elle.

Je lui tendis un verre.

– Pourquoi pas ?

– Ne répondez pas.

– Sottise, dis-je.

De toute façon, j'étais incapable de laisser un téléphone sonner sans répondre. Je décrochai. C'était Caselle. Il se mit aussitôt à m'enguirlander : il était maintenant une heure du matin et il était encore à son bureau, à attendre que je l'appelle.

– Excusez-moi, dis-je. Il s'est passé des tas de choses. J'ai attendu qu'elles se tassent et j'ai oublié ce coup de fil.

– Ça va bien. Moi, je me suis employé à gagner vos cinq cents dollars et j'ai fait une belle récolte. Je pourrais écrire un livre entier. Mais d'abord, dites-moi... vous avez trouvé Joe Turtle ?

– Je l'ai trouvé.

– Il a parlé ?

– Non... il n'a pas parlé. Il était mort. Notre ami le rouquin est arrivé le premier et l'a tué. Mais il ne s'est pas contenté de le tuer. La cervelle avait giclé dans tous les coins.

Caselle me demanda si j'avais bu.

– Je suis parfaitement lucide, rempli d'horreur et rempli de plaisir. Je mêle le plaisir et l'horreur, Caselle. A part vous, c'était le seul homme au monde avec lequel j'étais un tant soit peu lié. Et le voilà mort. Le plaisir, c'est une autre histoire. Vous pouvez penser ce qu'il vous plaira, Caselle.

– Du calme. Comment savez-vous que c'est notre petit rouquin qui a fait le coup ?

– Les clés... vous vous rappelez que je lui avais pris ses clés ? Elles ouvraient la porte de Turtle.

– Alors, pourquoi n'avez-vous pas appelé les flics ?

– Vous êtes cinglé, Caselle ? Ce n'était pas la peine, d'ailleurs. Notre ami les avait prévenus, et j'étais là, moi, avec les clés et le cadavre. J'ai fichu le camp.

– Mais c'était bien Turtle ? insista Caselle. C'était bien l'homme que vous connaissiez ?

– Lui-même.

– Ça va. Ecoutez maintenant... J'ai pu joindre la famille de Calvin. Je me suis servi d'une carte de presse, j'ai prétendu que je représentais je ne sais quel journal, j'ai fait toutes sortes d'entourloupes à des gens très bouleversés. Après ça, je suis sorti avec la fille de Charles Calvin, je lui ai offert à boire et je l'ai écoutée parler de son père. Elle avait pour lui un amour quelque peu excessif et pas filial du tout... Ce Charles Calvin était un dieu pour des tas de gens. C'en était un pour la gosse, et, si jamais la dorure s'écaille tant soit peu pour laisser voir ce qu'il y avait dessous, cette gosse n'y survivrait pas. Elle a déjà entrevu quelque chose sous la dorure, mais elle a interprété cela à sa façon, de même qu'elle a interprété le fait que

Calvin, comme toute autre créature humaine, n'avait pas un passé absolument sans tache. Elle voyait son père comme un chevalier en armure de lumière, qui devait sauver le monde de l'anéantissement. Le plus curieux, c'est qu'il en était lui-même convaincu et qu'il s'imaginait avoir un truc pour y parvenir. J'ai vu sa veuve, aussi. Pour elle, vous pouvez m'en croire, il n'avait rien du chevalier de lumière : ce n'était qu'un homme, auquel elle était très liée, parce qu'il est prestigieux et avantageux d'être l'épouse de Charles Calvin... Elle le haïssait. Oh, oui, toute cette histoire est une jolie embrouille, bien sordide. La gosse est une brave petite, qui savait à quel point son chevalier de père pouvait souffrir de la solitude et de la peur ; elle est prête à jurer sur sa propre tête que son père ne s'est pas suicidé, mais qu'il a été assassiné. Et je sais pourquoi on l'a assassiné. Stillman, vous m'écoutez ?

– Je vous écoute.

Shela s'était levée. Elle fit le tour du studio, s'arrêta devant ma bibliothèque, en sortit l'un des volumes de pièces grecques. En le feuilletant, elle souriait légèrement. Elle le remit en place, vint me rejoindre, mit ses mains sur ma nuque et demeura ainsi un instant, avant de retourner s'installer sur le lit.

– Je vous écoute, dis-je.

– Vous ne m'avez jamais dit quel produit fabriquait la société Garrison & Cie.

– Qu'est-ce que ça peut faire ?

Shela était de nouveau devant la bibliothèque. Elle avait ressorti le recueil de pièces grecques.

– Stillman, pourquoi ne pas être franc avec moi ? demanda soudain Caselle.

– Je le suis.

– Plus souvent ! Qu'est-ce qu'elle fabriquait la société Garrison & Cie ?

– Je n'en sais rien.

– Stillman, si je raccroche maintenant, j'en aurai fini avec vous... bien fini.

Très lentement, en articulant soigneusement, avec précision, je déclarai :

– Je ne vous mens pas, Caselle. Je n'en sais rien.

– Et vous ne saviez pas non plus que Charles Calvin possédait trente pour cent des actions de Garrison & Cie ?

– Je n'en savais rien.

– Et vous ne savez pas davantage qui détenait le reste des actions ?

– Qui détenait le reste ? demandai-je.

Mais je pressentais la réponse sans la connaître. Je ne fus pas surpris d'entendre Caselle déclarer :

– Vincent.

– Savez-vous qui il est ? demandai-je lentement.

– Oui, Stillman, je le sais. Je me demande si vous le savez, vous.

– Pourquoi ne pas me le dire, au lieu de tourner autour du pot ?

– Je vous le dirai le moment venu. C'est mon petit secret. Vous ne voudriez pas me refuser ce léger plaisir, hein, Stillman ?

– Je voudrais que vous cessiez de me faire tourner en bourrique !

– Tout viendra en son temps... Dans l'intervalle, je veux avoir une petite conversation avec Vincent. Mais il y a autre chose. Voyez-vous, je sais ce que fabriquait Garrison & Cie. Ça fait partie des révélations que m'a faites Joyce Calvin. Elle portait ça comme un poids, il fallait qu'elle en parle à quelqu'un, sous peine de devenir folle. Elle m'en a donc parlé. Garrison & Cie fabriquait de la lewisite. Un gaz, une arme meurtrière de première force... jusqu'à il y a trois ans. A ce moment-là, la lewisite a passé de mode, si je peux m'exprimer ainsi. Elle ne pouvait pas concurrencer la bombe atomique sur le marché. Garrison & Cie a donc fermé ses bureaux de New York et ses laboratoires de Liverpool, mais, juste avant la liquidation totale, un jeune chimiste de là-bas a découvert une formule qui permettait d'irradier la lewisite – je ne peux l'expliquer mieux... En fait c'est beaucoup plus compliqué. Une bien vilaine arme, vraiment, puisque Charles Calvin la jugeait plus dangereuse que la bombe atomique. Le jeune chimiste admirait Calvin comme une divinité, et il lui a livré la formule. De sorte que Calvin était devenu le chevalier en armure de lumière, doté d'une arme secrète. Mais, à sa mort, la formule a disparu. Elle était constamment enfermée dans le coffre-fort de son bureau, et, seuls, sa fille, le chimiste et lui-même connaissaient la combinaison. Sa fille m'a dit que la formule n'est plus là.

– Je serais capable d'inventer une meilleure histoire, Caselle, dis-je.

– Bien sûr... moi aussi. Et meilleure que celle des rats crevés, des oiseaux morts et des colosses abrutis qui vous attaquent au fond des caves. Je vous donne le tout, Stillman, et vous pouvez faire... vous savez quoi ? C'est tout à vous !

– Caselle, dis-je, Caselle, écoutez-moi. Je suis venu vous trouver parce que j'avais des embêtements, je vous ai engagé comme détective privé et je vous ai payé correctement... très correctement même. Et, d'une façon ou d'une autre, vous n'avez rien fait, depuis, que me traiter de menteur. Alors, foutez-moi la paix, Caselle, foutez-moi la paix !

– Autrement dit, vous me virez ?

– J'en ai par-dessus la tête de tout ce sacré bazar, Caselle, c'est tout.

– Très bien, Stillman. Mais je ne me tire pas. J'ai

l'intention de découvrir qui a tué Charles Calvin... vous m'entendez ?

– Je vous entends, répondis-je avec lassitude.

– Venez me voir demain midi. Vous reprendrez votre fric.

– Il est à vous.

– Reprenez-le, Stillman. Je ne veux pas de votre saleté de fric.

Je raccrochai et restai un moment à contempler le téléphone comme s'il contenait les restes du seul ami que j'avais au monde. Puis je me retournai vers Shela.

– Qu'est-ce qui se passe ? Qu'est-ce que j'ai qui ne va pas ?

– Et moi, David ? répondit-elle d'un ton désespéré.

Je m'approchai.

– Comment se fait-il que je ne me souvienne de rien ? Qu'est-ce que j'ai ?

– Je ne peux pas vous le dire, David.

Elle reposa le livre ouvert, et mes yeux tombèrent sur le monologue d'Admète, dans *Alceste* :

Ma mère fut maudite, la nuit où elle m'enfanta.
Je me meurs de jalousie pour tous les morts :
Comme ils sont purs, ceux qui ont pour toujours quitté la vie !
Ils sont beaux, et je voudrais être leur compagnon.

Elle était à présent assise en face de moi, sur le lit. Elle prit ma main dans les siennes, la serra, la caressa ; puis elle voulut m'attirer vers elle.

– Je ne peux pas, David, me dit-elle... Je ne peux pas, je jure devant Dieu que c'est la vérité !

– Quel Dieu ?

– David, David, David... que croyez-vous donc que je suis ?

– Comment le saurais-je ?

– Vous ne le savez pas, David ?

– Par tous les diables de l'enfer, je vous répète que je ne me souviens de rien ! Je n'ai pas d'existence... savez-vous ce que cela signifie ? Savez-vous ce que cela signifie, de ne pas savoir qui l'on est, ce qu'on est, ce qu'on a pu faire, quels faits terribles, monstrueux recèle peut-être votre passé, quelle femme vous a aimé, quels enfants vous avez pu avoir ? Savez-vous ce que cela signifie ? Savez-vous ce que cela signifie, que d'être à la fois mort et vivant, oui, les deux ensemble, mort et vivant !

– Que Dieu vous vienne en aide, David.

– Mais vous, pourquoi ne m'aidez-vous pas ? Comment se fait-il que personne ne veuille m'aider ? Qu'est-ce que j'ai ?

Elle secouait la tête

– Qui suis-je ? Pourquoi ne pouvez-vous pas me le dire ?

– Je ne peux pas.

– Allez au diable... à tous les diables !

Je la giflai, de toutes mes forces, à la volée, et elle s'écroula en travers du lit comme une poupée de son. Et je me retrouvai à genoux près d'elle, la tête sur son sein. Je pleurai, elle pleura aussi. Ensuite, nous nous étendîmes tous deux sur le lit, et toutes ces heures nocturnes, obscures ne me parurent pas suffisantes pour effacer le coup qu'elle avait reçu de moi.

Chapitre 12

Le chacal

Ce fut le soleil qui m'éveilla, et je me rendis compte aussitôt que le lit était vide. L'instant précédant le réveil, alors que le sommeil me protégeait encore, avait été plein d'un récent bonheur et ce souvenir évoquait pour moi la merveilleuse intégralité de l'homme qui aime une femme et ne veut pas connaître d'autre accomplissement. Mais, une fois bien réveillé, je m'aperçus que le lit était vide, et tout redevint panique. Je me dis alors : allons, allons, elle est dans la salle de bains, rendors-toi ; quand tu rouvriras les yeux, tu la retrouveras près de toi. Mais de la salle de bains ne venait aucun bruit ; aucun bruit non plus dans le reste de l'appartement. Je me levai et me mis à fouiller partout.

Le petit mot qu'elle m'avait laissé se trouvait sur la commode ; elle avait dû l'écrire dans l'obscurité : les lignes dansaient. « Je dois partir », écrivait-elle, « et il faut que tu t'en ailles, David. Va-t'en. » Les derniers mots étaient soulignés. C'était tout. Rien d'autre.

Avez-vous jamais songé à ce que peut signifier, d'atteindre la limite de toute raison, de tout besoin, de tout désir de vivre... non pas cette exaspération qui pousse certains à mettre fin à leurs jours – je n'étais pas atteint de ce mal-là – mais, au sens littéral des mots, d'arriver à l'extrême limite de tout ? Il ne reste plus rien, alors, rien n'a plus ni sens ni utilité. C'était exactement ce que je ressentais.

Je m'étendis sur mon lit et j'y restai une heure sans bouger, sans avoir envie de bouger. Il ne restait plus rien que je pusse faire, je ne pouvais penser à rien. Je n'avais absolument plus rien. Ni plan, ni but, ni orientation, ni demain, ni hier. J'étais là, sans plus.

Il était alors huit heures et demie. Je refis donc machinalement les gestes habituels. Mon cerveau ne fonctionnait plus, mais l'habitude prenait le relais. Je me douchai, je préparai le café. Je me rasai. Je m'habillai. Je suivais le rite quotidien, mais il ne signifiait rien et j'aurais tout aussi bien pu me dispenser de le suivre.

Après quoi, je m'assis dans un fauteuil pour examiner le problème qui se posait à moi : devrais-je ou non sortir ? J'étais sans situation... J'étais expert commercial... mais l'étais-je vraiment ? J'essayai de réfléchir à ce que pouvait être le travail d'un expert commercial : de toute évidence, il estimait le prix de revient d'un produit quelconque, et Caselle avait attiré mon attention sur la nature délicate d'un tel travail. Mais, en y réfléchissant, je me rendais compte que je n'en savais pas davantage sur le calcul des prix de revient que sur la fabrication de la crème à raser. J'en savais même moins : le simple bon sens me disait que la crème à raser était un produit à base d'huile. Mais alors, me demandai-je, pourquoi ne colle-t-elle pas à la peau ? Pourquoi n'est-elle pas huileuse ? On doit faire subir à l'huile un traitement... on l'hydrogène, certainement ; je me sentis tout fier d'avoir fait cette découverte. Le hic, c'est que j'ignorais totalement ce que voulait dire hydrogéner. Des mots dépourvus de sens.

J'enfouis alors mon visage dans mes mains et je me mis à pleurer, comme un gosse tout bête et tout désemparé. Après cela, je me sentis mieux et je décidai de sortir. La décision était importante. Mais sans portée, car je me surpris à me demander pourquoi je sortais, pour aller où, et dans quel but. A aucune de ces questions je ne trouvai de réponse.

Quand je fus enfin habillé, prêt à partir, il était neuf heures et quart. Et je me mis à jouer à « faire semblant ». J'avais au moins ce souvenir-là : étant enfant, on jouait « à faire semblant » ; on imaginait que quelque chose existait et, parce qu'on l'imaginait, cela prenait de la réalité. Au même instant me revint à l'esprit une scène de mon enfance, mais avec une telle discrétion que j'en eus à peine conscience, et que le souvenir ne s'en précisa que bien plus tard. Pourtant, c'était là une première bribe de mon passé : un long, très long lac, entouré de hautes montagnes déchiquetées qui descendaient jusqu'au bord de l'eau, et, au loin, sur le lac, un homme seul, barbu, qui ramait dans un petit canot.

Mais, je l'ai dit, cette incursion dans le passé, dans quelque chose qui n'était plus tout à fait le néant, me laissa indifférent, inconscient. La petite histoire que je me racontais m'absorbait totalement. J'imaginais que j'étais un homme qui partait travailler ; non pas un enfant, certes non, un homme, adulte, avec femme et enfants que, délibérément, j'associai à ce rêve éveillé. Et tout ce que je fis pour donner de la consistance à mon histoire, pour lui donner une apparence de réalité, je le fis lentement, méticuleusement, gravement. Je sortis l'un de mes petits cigares. Un homme, ça fume. Toujours aussi gravement, j'allumai le petit cigare. A la première bouffée, je toussai, car je n'étais qu'un enfant qui faisait semblant d'être un homme ; de sorte qu'il était parfaitement normal que je tousse en m'essayant à cet exercice insolite.

Je crois que je me trouvai alors aussi près de la folie que je le fus jamais. Et, vous le verrez, je ne devais plus jamais m'en approcher à ce point. Pourtant, je ne suis pas certain que, même alors, j'aurais pu franchir la frontière. J'aurais été incapable d'exprimer ce que cette femme représentait pour moi, parce que je n'en savais rien, à ce moment-là. Mais, quand je m'étais réveillé pour me retrouver seul, quelque chose s'était produit dans ma vie. Assez curieusement, cette femme représentait pour moi un rocher : on ne se doute pas à quel point cela peut être utile, jusqu'au moment où l'on se retrouve seul, complètement seul. Elle était mon rocher.

C'est ainsi que, fumant mon petit cigare, toussotant, jouant le jeu, je descendis l'escalier. En bas, dans le petit vestibule, il m'attendait. L'homme gris : visage, complet, cravate et chapeau gris ; yeux gris ; cheveux gris... un homme qui était là sans raison, qui ne venait de nulle part, un homme qui pouvait disparaître, se fondre dans la foule. Mais je le reconnus. Il portait la marque de mes mains sur son visage, à l'endroit où le gris du teint devenait meurtrissure violette, en d'autres endroits aussi, où le sparadrap retenait les chairs. En me voyant, il sourit, sortit de sa poche un gros 45 automatique, le poussa contre mes côtes, à gauche, s'appuya contre moi et me dit doucement, et de si près que je perçus l'aigreur de son haleine :

– Bonjour, David, bonjour.

Alors cessa le jeu du « faire semblant ». Je me retrouvai moi-même : incomplet, disloqué, mi-humain, mais pourtant, moi-même, et vivant ; je tenais entre mes mains la destinée qui me restait, si limitée qu'elle fût ; l'odeur aigre de son haleine me levait le cœur et je le haïssais, de cette haine insane qu'éveillaient en moi les créatures de Vincent.

– Tournez la tête, ne me parlez pas dans la figure, lui dis-je. Vous êtes répugnant, et l'odeur de votre haleine me rend malade.

– Voyons, David, qu'est-ce que je vous ai fait ? demanda-t-il d'un ton plaintif.

– Vous êtes un immonde salopard. Pourquoi ne me laissez-vous pas tranquille ?

– Mais qu'est-ce que je vous ai fait ? Regardez un peu comment vous m'avez arrangé, l'autre soir. Pourquoi ? Qu'est-ce que je vous avais fait ?

– Qu'est-ce que vous me voulez ?

– Sortez, David.

Sa voix s'était durcie, elle était plus plate que jamais.

– Sortez, David, où je vous abats ici même.

Je lui dis :

– Savez-vous ce que vous êtes, espèce de salopard...

– Ne parlez pas comme ça. Vous allez me forcer à vous descendre. Ne me parlez pas comme ça, compris ?

– Je vais vous dire ce que vous êtes.

Il m'enfonça l'arme dans les côtes en criant :

– Vas-tu sortir, nom de Dieu ?

De l'épaule, il me poussa dans le grand soleil, tandis que je parlais, que je parlais pour le rendre enragé. A une douzaine de mètres de la maison, côté ouest, je vis la voiture, tournée vers la Troisième Avenue ; devant la portière se tenait notre bon ami, le rouquin ; et il y avait un autre homme au volant. Mais, tout en parlant, je compris, dès que j'eus aperçu la voiture, qu'ils n'allaient pas me tuer sur place : ils avaient l'intention de me faire monter dans l'auto. Je le compris, mais continuai de parler :

– Dans l'ouest, il y a un nom pour les types de votre espèce qui jouent les durs avec un pistolet à la main, mais qui ne sont plus que des lâches, quand ils sont désarmés. On les appelle les chacals ! Un chacal, voilà ce que vous êtes !

C'était un imbécile : il appuyait l'arme contre mon bras ; et, quand je projetai mon bras en arrière, l'arme dévia de mes côtes et le coup partit sans faire de dommage. Le rouquin accourait ; j'attrapai l'homme gris par le cou et le maintins contre moi de la hanche. Le rouquin tiraillait, la voiture reculait, et l'homme gris se convulsait comme si on l'avait assommé à coups de batte de baseball ; il hurlait et se contorsionnait, tandis que le rouquin le criblait de balles pour m'atteindre à travers lui. Je le lâchai, traversai la rue en courant, et, sans ralentir l'allure, suivis le trottoir d'en face, tandis que la voiture reculait en zigzaguant et que le rouquin tirait sa dernière balle. Je courais comme jamais je n'avais couru : je m'engouffrai dans la Deuxième Avenue, parcourus la longueur d'un pâté de maisons, rejoignis la Première Avenue. La voiture avait maintenant viré de bord ; elle zigzaguait à travers l'avenue dans ma direction. Quelque part, un flic siffla. Tout en courant vers la Première Avenue, je jetai un coup d'œil en arrière et vis la voiture monter sur le trottoir, accrocher une grille et emboutir une auto en stationnement. De toutes les directions, à présent, des gens accouraient. Deux hommes dégringolèrent de la voiture et se lancèrent à ma poursuite, mais j'avais presque trois cents mètres d'avance. Une fois dans la Première Avenue, je pris la direction du centre, trouvai un taxi, y sautai et dis au chauffeur de continuer dans la même direction. Après quoi, je me laissai tomber sur les coussins et cherchai convulsivement à reprendre mon souffle.

Le chauffeur avait parcouru environ cinq cents mètres quand une voiture de police nous doubla, hurlant de toutes ses sirènes. Le chauffeur s'arrêta pile au bord du trottoir et m'ordonna :

– Dehors ! Je ne veux pas être mêlé à vos histoires ! Dehors !

Je descendis, remontai en courant la première rue latérale. En arrivant dans la Troisième Avenue, je tournai l'angle. Ils étaient là, ils traversaient, venant de la Première Avenue. Je passai de l'autre côté de la Troisième au moment où un autre taxi débouchait. Cette fois, je contrôlai mon souffle, parvins à articuler dans un murmure :

– A l'angle de la 59e Rue et de la Septième Avenue.

Quand nous démarrâmes, ils avaient déjà remonté la moitié de la rue.

Chapitre 13

Le parc

J'allais voir Caselle. Je m'adossai aux coussins du taxi, haletant. J'étais vivant, par cette matinée ensoleillée, alors que j'avais frôlé la mort, alors que tant de gens avaient décidé ma mort. Ils se donnaient bien du mal, et je ne pouvais le comprendre, car si j'avais peur c'était surtout parce que j'avais la conviction qu'il n'est rien de plus facile que de donner la mort. Une piqûre d'épingle peut provoquer la mort... une seringue vide ; une petite prolifération de cellules, en un endroit quelconque du corps ; une pincée de cristaux ; le plus léger dérangement dans le délicat système de contrôles et d'équilibre de l'organisme. Alors pourquoi était-il si difficile de me tuer ? A moins que je ne fusse déjà mort ; était-il possible qu'un homme tué une fois pût être tué de nouveau ? Mais ces élucubrations inutiles et fantaisistes ne me menaient nulle part. Il y avait une explication plus rationnelle pour le fait que je n'étais pas encore mort, et c'était de cela que j'avais l'intention de parler avec Caselle.

Caselle comprendrait, lui... Mais, au fait, comprendrait-il ? J'étais un expert commercial qui ignorait tout du produit dont il calculait le prix de revient ; c'était cela qui nous avait séparés, Caselle et moi. S'il allait me dire : « S'agirait-il du prix de la vie humaine ? » Je me répétais que je ne devais pas me laisser troubler, dérouter par la constatation que j'étais si difficile à supprimer : la mort est un art simple, elle est beaucoup plus facile à réaliser que la plupart des articles manufacturés. N'avais-je pas lu quelque part que, pendant la guerre, on évaluait au dollar près, au *cent* près, le prix de revient de chaque ennemi mort ? C'était là, certainement une forme perfectionnée de l'expertise commerciale. N'était-il pas possible, au moyen d'une seule bombe, de rayer du nombre des vivants deux cent cinquante ou cinq cent mille créatures humaines ? C'étaient, bien sûr, des méthodes employées par les très grandes entreprises, qui faisaient de la production massive ; les vieilles techniques de l'artisanat étaient plus lentes, plus laborieuses.

Il faut que j'explique tout ça à Caselle, me dis-je ; je lui démontrerai qu'il leur suffisait, pour réussir, de consacrer à la chose le temps et l'attention nécessaires. Certes, ma vie n'avait rien de bien précieux ; ce n'était à tout prendre qu'une parcelle de vie. Mais j'avais envie de vivre. Cela, il pouvait le comprendre ; comprendre, aussi, combien, la veille au soir, j'avais été fatigué, bouleversé. Nous nous étions bêtement querellés et je m'efforçais maintenant de comprendre comment était née cette querelle, pourquoi Caselle n'était plus de mon côté.

Je cherchais à comprendre de quel côté il était. Mais le taxi s'était arrêté, le chauffeur s'était retourné et me regardait fixement. Je réglai la course ; mais il continuait à me dévisager, et je me demandais ce qu'il lisait sur mon visage. Le sien était rond, bouffi, plissé, cynique, brutal, et son regard hostile. Je me demandais : qu'est-ce que le courage, la force, la férocité ? Je lui demandais intérieurement : où en serais-tu mon pote, si tu avais vécu les cinquante dernières heures que je viens de vivre ? Aurais-tu l'impression que cette ville est trop petite pour te cacher, te protéger, t'envelopper ? Dans très peu de temps, je vais mourir, sans doute. Veux-tu que nous parlions un peu de tout ça ?

– Vous avez du sang sur la figure, m'sieur, me dit-il.

Je jetai un coup d'œil dans la petite glace voilée qu'on trouve dans les taxis, sur le panneau de séparation. Il disait vrai. J'avais tout un côté du visage éclaboussé de sang, le sang d'un homme qu'on avait tué tandis que je m'accrochais à lui, d'un homme décidé à me supprimer et dont la vie avait servi à protéger la mienne.

— J'ai dû me couper, expliquai-je, en essuyant le sang.

Mais le chauffeur ne me répondit pas. Il ne me quittait pas des yeux. Je descendis, m'engageai à pas rapides dans la 59e Rue. A un certain moment, je me retournai : le taxi était toujours là. J'en fus troublé sans doute : je dépassai l'immeuble décrépi qui abritait l'Agence Universal et fus obligé de rebrousser chemin. Devant la maison se tenait un vieux, à la figure sale, à l'œil perçant, un très vieil homme à la grosse moustache blanche tachée de tabac, tout emmitouflé, pour se protéger de la bise de mars, dans un antique pardessus, fermé au col par une énorme épingle double. Il avait les deux mains dans les poches. Il me dévisagea avec insolence, se plaça en travers de mon chemin et me demanda où était la plus proche station de métro.

Je le renseignai et voulus l'écarter

– Tu travailles dans cette agence, petit ?

– Je vous ai dit où était le métro, grand-père.

– Ne prends pas ce ton-là avec moi, petit, dit-il. J'ai deux fois ton âge et j'en sais plus que tu n'en sauras jamais, crénom de nom, quand bien même tu vivrais aussi vieux que moi — et il y a peu de chances que ça t'arrive, sacré nom ! J'ai eu plus de femmes que toi, nom d'là, et plus belles que toutes celles que t'as pu avoir.

– Votre vie amoureuse ne m'intéresse pas, grand-père.

Je tentai de nouveau de l'écarter de mon chemin, mais il se campa solidement, cracha par terre et leva les yeux vers moi avec un sourire torve.

– Le vrai petit morveux, hein ?

Ma colère allait éclater. Il dut le sentir : brusquement, il fit un petit saut de côté et s'éloigna en ricanant en me regardant par-dessus son épaule. J'entrai dans l'immeuble et appuyai sur la sonnette de Caselle. Je sonnai énergiquement, deux ou trois fois. Puis je restai là, abasourdi. Il ne m'était pas venu à l'esprit que je pouvais ne pas trouver Caselle.

J'eus alors la réaction imbécile de l'homme en proie à la terreur : je me mis à taper sur la porte, parce qu'une sonnette, c'est impersonnel. Sous la violence de mes coups, la porte s'ouvrit toute grande. J'entrai et la refermai derrière moi. Je pensais que Caselle, au milieu de ses soucis, avait oublié notre rendez-vous : j'allais donc l'attendre. Mais, à peine le battant repoussé, je vis les pieds qui dépassaient le seuil du bureau. J'y entrai : Caselle était étendu par terre, avec une balle dans la tête. Il serrait dans sa main un petit revolver, type Ranger.

J'ai dit que je raconterais l'histoire fidèlement telle qu'elle s'était passée. Mais elle se déroulait en partie à l'intérieur de moi, et cette précision est valable pour tout ce qui va suivre.

J'étais donc là, les yeux fixés sur Caselle, qui n'était pas seulement mon ami, qui était – si l'on excepte Shela – bien autre chose : l'ami unique, le seul compagnon, le seul confident, le seul lien, le seul appui que j'eusse dans cet univers affolé, damné et je me sentis saisi d'un chagrin à la fois terrible et singulier. C'était Caselle qui m'avait quitté et c'était moi qui avais perdu Caselle. La mort n'est pas une chose simple ; la mort est le négatif de la vie, et c'est seulement dans les romans, dans les mauvais romans, qu'on peut contempler un cadavre sans aucune émotion. La mort est vile, mais le meurtre est révoltant. Pas un instant l'idée ne m'effleura que Caselle pouvait s'être suicidé.

C'était Vincent qui l'avait tué. Tuer était la raison d'être de Vincent. Peu importait ce qu'il avait pu être jadis, peu importaient les éléments bons ou mauvais de sa personnalité : le meurtre était maintenant son unique préoccupation. D'autres hommes aimaient, rêvaient, travaillaient, créaient, construisaient, priaient, espéraient. Mais Vincent était, par essence, différent des autres, Vincent tuait. Une inversion effrayante, démente, s'était produite en Vincent, qui en avait fait un être à part ; la mort était le facteur qui lui donnait son unité, le meurtre était à la fois sa vocation et son occupation. Je voyais cela clairement et, sans connaître Vincent, j'en vins à le connaître mieux que tous ceux qui avaient vécu prés de lui, mangé à sa table, couché dans son lit.

Mais, tout en réfléchissant, j'accomplissais certains gestes : je baissai le store, je jetai un coup d'œil sur le bureau, sans rien y trouver d'ailleurs, j'ouvris le tiroir : pas de cadavres d'animaux. Le stade des charognes était révolu. Révolu, le stade de la persuasion. L'esprit de Vincent était ainsi fait : vif, changeant, passionné, ardent, imaginatif – peut-être trop imaginatif, et peut-être étais-je en vie grâce à cette imagination. Vincent voyait les choses procéder par étapes ; les événements évoluer ; il cherchait à anticiper. Il y avait en Vincent un égocentrisme monstrueux, énorme, bouffi, enflé, malsain.

Je m'accroupis près de Caselle, touchai sa peau – elle était glacée –, tentai de fléchir son bras – il était aussi rigide qu'une barre de fer. Il devait être mort depuis longtemps. Il y avait sur son visage et ses vêtements une mince couche de poussière. On l'avait tué, très probablement, peu de temps après notre conversation téléphonique. Si je l'avais appelé à minuit, l'aurais-je encore trouvé vivant ? Je m'interrogeais sur ma responsabilité. Ne m'avait-il pas dit qu'il décelait en moi quelque chose de monstrueux ? Je m'agenouillai et, les yeux fixés sur le visage pâle et paisible, je priai en silence pour qu'il pût faire partie d'un rêve ; en même temps, je priai pour lui et je pensais à cette jeune fille dont je ne savais même pas le nom, qui pleurerait sur lui, qui vivrait avec le souvenir de ce bon visage confiant de boy-scout.

Je me relevai enfin et retrouvai tout mon calme. Assis au bureau, j'allumai un de mes petits cigares et, tout en fumant, me mis à réfléchir. Vincent changeait volontiers de tactique. La police ne serait pas prévenue, cette fois. Pas besoin de la police. Cette fois, ça allait se passer autrement.

Je m'approchai de la fenêtre, écartai deux lames du store et jetai un coup d'œil dans la rue. Le vieux crasseux était de retour. Il se tenait sur le perron, les mains au fond des poches de son vieux pardessus, la tête enfoncée dans ses épaules maigres.

Je me rassis au bureau, m'efforçai de réfléchir. Mais c'était pratiquement impossible, dans cette pièce étouffante, avec le corps de Caselle à mes pieds. Impossible de réfléchir à ce qui pouvait m'être de quelque secours. Je pensais à Caselle. Je me demandais s'il avait payé le loyer de ce bureau, et combien de termes il devait... Il avait voulu devenir détective privé – concept puéril d'une société plongée dans l'infantilisme, le héros de la peur, de l'angoisse, du danger aux multiples visages et toujours renaissant. Les héros d'antan étaient des hommes fiers et forts et, quand ils étaient vicieux, leur vice même comportait une certaine logique. Mais j'avais là, couché à mes pieds, un héros des temps nouveaux.

– Pauvre Caselle, murmurai-je. Pauvre, pauvre Caselle... que Dieu te vienne en aide, pauvre Caselle.

Mais j'étais incapable de réfléchir, d'une façon suivie, logique, cohérente, à Charles Calvin, à une société industrielle qui n'existait pas, à un escalier qui n'existait pas davantage, à une fille qui était en même temps une sainte et une putain, à un psychiatre qui voyait en moi le démon, à un homme appelé Vincent... Je ne pouvais penser à rien de tout cela, je ne pouvais tirer de tout cela aucune lumière.

Mon calme, bientôt, commença de m'abandonner. Je me mis à avoir peur, seul dans ce bureau, avec ce cadavre. Je dis au cadavre :

– J'ai peur, Caselle. Je m'en vais. Mais je n'ai nulle part où aller. Adieu, Caselle. Que Dieu nous protège l'un comme l'autre.

Je sortis, je descendis les marches du perron. Le vieux était toujours là. Mais, au moment où je passais à sa hauteur, il me bouscula de l'épaule, m'enfonça dans le flanc le canon d'un pistolet et me dit :

– Ils veulent qu'on traverse et qu'on les attende sur l'autre trottoir, morveux. Et n'essaie pas de me jouer un mauvais tour. Je ne suis pas né d'hier. J'suis pas comme la Mouette : une cervelle d'oiseau, qu'il avait ; tu l'avais rossé une fois, et v'là qu'il se laisse encore avoir, cet abruti ! Cherche pas à me feinter !

Des mots me vinrent à l'esprit, que je ne pus prononcer. Des gestes aussi que je fus incapable d'esquisser. Momentanément, j'étais anéanti. Impuissant, je regardais ce vieux bonhomme répugnant. Puis je levai les yeux pour examiner la rue, déserte à cette heure de la matinée.

– Ça va bien, fiston, fit le vieux. Tu n'avais pas encore mouillé ta première couche que je me trimbalais déjà avec un pistolet. Alors, sois sage, sois bien sage. Traverse la rue.

– Si vous devez me tuer, pourquoi ne pas le faire ici ? Dites-le ! Pourquoi pas ici, bon sang ?

– Traverse, fiston et fais pas ta mauvaise tête.

J'étais encore en train de fumer mon petit cigare. Je continuai à le fumer, en traversant la rue. Je n'étais plus le même homme qu'une heure plus tôt. Le désir de lui sauter dessus m'avait abandonné, le ressort bandé de mes muscles s'était relâché. Caselle en était cause. Caselle était mort, j'allais mourir moi aussi, dans un petit moment, car je savais qu'au moindre geste, le vieux tirerait et, cette fois, j'aurais mon compte. Mais je ne fis pas un geste parce que je m'en croyais incapable.

Nous traversâmes la rue. A travers la poche, le vieux me poussait de son pistolet. Des voitures nous dépassèrent. Au coin de la rue, devant l'Athletic Club, le portier bavardait avec un agent de police. Une femme en manteau de vison, dans la Septième Avenue, promenait fièrement un énorme caniche marron ; elle tourna dans la 59e Rue. Nous étions maintenant sur le trottoir qui longe le parc ; nous nous arrêtâmes et nous attendîmes.

– Qu'est-ce qu'on attend, grand-père ?

– La voiture, fiston. Ginny il t'en veut, parce que la bagnole a été esquintée par ta faute. Il faut un moment pour en ramener une autre.

– Qui c'est?

– Le grand rouquin, fiston. Tu l'as un peu bousculé et il ne te porte pas dans son cœur, mais alors pas du tout ! Nous, on doit rester là en attendant la bagnole.

Si tu bouges, je suis forcé de te descendre et ça va me causer des ennuis. Alors, autant éviter les ennuis, à l'un comme à l'autre. Y'a qu'à attendre là, bien gentiment...

– Et si je veux me faire buter par vous ?

– Personne n'a envie de ça, fiston, pas même un morveux de ton espèce. Même un vieux bougre comme moi n'a pas envie de mourir. Alors, reste tranquille, sois bien sage.

Nous nous étions arrêtés sous l'un des petits arbres encore dénudés qui bordent la 59e Rue, du côté du parc. Le vieux se tenait maintenant à un ou deux mètres de moi ; ses petits yeux bleus ne me lâchaient pas ; ils larmoyaient, mais ils avaient une inhumaine fixité. Ç'avait été une bonne idée d'engager ce vieux, oui, vraiment.

Nous étions donc là quand un groupe de gamins débouchèrent de la Septième Avenue pour descendre la 59e Rue. Ils étaient une vingtaine, âgés de huit à onze ans. Deux jeunes gens de moins de trente ans conduisaient le groupe, des jeunes gens qui ressemblaient à Caselle, avec leur bonne figure ronde, leur nez retroussé, leurs cheveux blonds ; l'un d'eux avait des lunettes. Des jeunes gens sérieux, zélés. Ils s'arrêtèrent, et les gamins se répandirent autour de nous, se faufilèrent entre le vieux et moi. Le vieux voulut parler, mais se ravisa, et garda le silence.

Le jeune homme aux lunettes désigna l'arbre dénudé.

– Voici un problème qui serait fort simple à résoudre, dit-il, si cet arbre avait des feuilles. Ce n'est pas bien difficile de reconnaître un vieil ami qui porte le même pardessus gris ; encore faut-il savoir le reconnaître sans son pardessus !

– C'est un platane, dit la voix grêle d'un petit garçon, en blouson à carreaux multicolores.

– On peut toujours trouver une réponse, quand on ne prend pas la peine de réfléchir. Ce serait normal que ce soit un platane ; donc, c'en est un. Mais en réalité, ce n'en est pas un.

Cette plaisanterie suscita un éclat de rire général. Le vieux lui-même eut un aigre sourire ; il ne pouvait guère faire autrement.

– Alors, du moment que ce n'est pas un platane, c'est forcément autre chose, quelque chose de bien plus intéressant, de bien moins courant. La nature n'aime pas l'uniformité. Si l'on s'intéresse sincèrement à la nature, on ne commettra jamais l'erreur de croire qu'elle aime l'uniformité. Nous, en tout cas, nous ne commettons pas cette erreur. Harold, qu'en pensez-vous ?

– C'est un peuplier, fit la petite voix de Harold.

– Excellent raisonnement. Les rues des villes sont généralement plantées de quoi ? De platanes et de peupliers ? La réponse est « oui ». Nous allons donc conclure que ceci est un peuplier. En est-ce bien un ? Ou alors les peupliers et les platanes se ressemblent au point de se confondre ?

Les petites têtes s'agitèrent de haut en bas ou de droite à gauche, selon qu'elles exprimaient l'approbation ou la désapprobation. Le grave jeune homme à lunettes leva la main :

– Nous n'aurions pas trop de toute une journée pour en discuter. Cet arbre est un gingko... joli nom, n'est-ce pas ? Gingko : ça fait chinois : vous vous en rendrez compte, si vous revenez ici dans un mois. C'est l'un des plus beaux arbres ornementaux qui soient au monde, l'un des très rares arbres qui puissent vivre dans les rues de nos villes. Nous attendons avec impatience le jour où notre ville en aura planté des milliers.

Là-dessus, on abandonna le gingko et le groupe

s'éloigna. J'en fis autant. Je me plaçai entre les deux graves jeunes gens et me mis à leur pas.

– Vous étudiez la nature ? leur demandai-je.

Le vieux fit mine de me suivre. Il avança peut-être d'une dizaine de pas. Puis il s'arrêta. Quand je jetai un coup d'œil en arrière, il était toujours là ; ses yeux bleus larmoyants me regardaient avec une expression de haine froide et meurtrière.

– C'est sans doute le meilleur cours d'histoire naturelle de tout New York, me répondit le jeune homme à lunettes.

L'autre ajouta :

– Avez-vous entendu parler de l'école Kenyon ?

Je secouai la tête.

– Méthode progressive sans être radicale, si vous voyez ce que je veux dire. Notre champ d'action est à trois dimensions : en avant, en arrière – historiquement parlant – et en profondeur. Nos groupes effectuent ces sorties deux matins par semaine. Et je dois dire que j'en apprends tout autant que les enfants, même dans Central Park.

Mon cœur battait la chamade, mais je me contraignis à prendre le même ton pour demander :

– En avant et en arrière... comment faut-il entendre ça ?

– Nous nous plaçons d'un point de vue historique, naturellement. Notre enseignement est progressif, quant à la méthode, mais régressif quant à l'objet de l'étude. Un brin d'herbe nous livre le même trésor de connaissances qu'une ville. Nous voulons que nos enfants ressentent, pour un brin d'herbe, la même affinité que pour un poste de télévision.

Nous étions en train de tourner pour pénétrer dans le Parc. Le vieux était toujours sous l'arbre, mais trois autres hommes l'avaient maintenant rejoint. Immobiles, ils nous suivaient des yeux.

Chapitre 14

La poursuite

– Mars, dit le jeune homme à lunettes, en cueillant un petit rameau de troène, est l'un des mois les plus enchanteurs. La vie est inhérente à mars ; la vie commence en mars. Sous nos climats, en particulier, on pourrait aller jusqu'à dire que mars renferme le principe de la vie tout entière. Au début, c'est le gel, la neige, la glace. Viennent ensuite les pluies. Puis le soleil brille, le printemps est là, l'univers entier se réveille, s'étire, reprend haleine. Voilà pourquoi nous parlons de mars comme d'un précurseur. Richard, pouvez-vous nous dire ce que c'est qu'un précurseur ?

– Une espèce de soldat... déclara Richard, qui devait avoir dans les dix ans...

– Il ne s'agit certainement pas d'un soldat...

Le jeune homme pérorait tout autant pour moi que pour Richard ; mon attention le flattait.

– Disons plutôt un héraut, un éclaireur... quelqu'un qui annonce ce qui va se passer ; et c'est bien là le rôle de mars : se dégager du passé pour annoncer l'avenir. On voit un point vert par-ci, un brin d'herbe tout neuf par-là ; le forsythia va poindre, le cornouiller a des chatoiements verts, le sumac semble s'animer. Tout s'éveille, renaît à la vie...

Et emporté par sa propre éloquence : on dirait que le doigt de Dieu effleure la terre d'une tendre caresse.

Pour ma gouverne, il expliqua :

– Nous dépouillons la religion de tout mysticisme... voyez-vous, nous ne sommes pas dogmatiques. Nous essayons d'intégrer Dieu à l'univers.

C'est à cet instant que je m'élançai, laissant là mes deux jeunes gens, l'œil rond et la bouche ouverte. Depuis un moment, ils s'écartaient peu à peu de moi, les enfants s'étaient dispersés sur la pelouse et je venais d'apercevoir, un peu sur la droite et derrière nous, le rouquin qui traversait l'allée cavalière. Je fonçai donc. En face de moi s'élevait une grande butte de terre et de rochers. J'y courus et l'escaladai comme un lapin ; mais quand, parvenu au sommet, je jetai un regard alentour, je m'aperçus que le rouquin n'avait pas pressé le pas. Les deux jeunes gens et les enfants étaient toujours sur la pelouse, les yeux tournés vers moi. Le rouquin poursuivait son chemin, d'un air sombre, les mains dans les poches de son pardessus.

Je tournai vers l'ouest et m'arrêtai aussitôt. Le vieux traversait la route carrossable ; il avait, lui aussi, les mains dans ses poches, et marchait d'un pas régulier, sans hâte. Je me tournai alors vers le nord et dégringolai la butte en bondissant comme un cinglé. Je trouvai là une allée où se promenaient quelques femmes, entourées d'enfants ou poussant des landaus. Je les dépassai en courant et elles me suivirent d'un regard ahuri.

Je sautai le fil de fer d'une clôture et traversai à toute allure une longue pelouse spongieuse qui montait en pente douce. Mon cœur me martelait déjà les côtes, et mes poumons cherchaient convulsivement de l'air. Je n'étais pas entraîné pour la course de fond. J'étais porté par la panique, et cette panique allait être ma perte. Tout en courant, je me le répétais : encore cinq minutes, dix minutes, et tu ne pourras plus faire un mouvement. Du côté de l'ennemi, ni panique, ni épuisement, pas même de hâte. Ils me tenaient, dans le quadrilatère bien clos de Central Park. Ils allaient tisser un filet, puis ils allaient le resserrer, et moi, à l'intérieur, je continuerais à courir, à me débattre, je deviendrais fou de terreur.

Par un pur effort de volonté, je me contraignis à couper mon élan, à me remettre au pas. Tout en marchant, je regardai vers l'est. De ce côté, le paysage de rocaille de Central Park formait un groupe de petites collines ; sur l'une de celles-ci se dressait un homme, jambes écartées, mains aux hanches, long corps, longues jambes. Il était trop loin pour que je le reconnaisse, mais sa silhouette avait quelque chose de troublant, de familier ; je savais néanmoins qu'il me guettait. Quand quelqu'un vous épie, même si c'est de très loin, on finit toujours par en prendre conscience.

Je me remis, une fois de plus, à courir, et, une fois de plus, je me contraignis à reprendre une allure normale. Etre poursuivi est une chose ; se laisser pourchasser, traquer, en est une autre : ce sont les bêtes qu'on pourchasse et qu'on traque et à la peur humaine, vient alors s'ajouter – ainsi que je devais m'en apercevoir – la terreur hideuse, irraisonnée de la bête.

Le fait d'être le gibier d'une telle chasse, non point au fin fond d'une jungle, mais dans un parc, au beau milieu de la plus grande ville du monde, ajoutait à ma terreur une qualité étrange, abominable. Autour de moi se dressait l'immense complexe de béton et d'acier, créé par des siècles de civilisation ; et, en son cœur même, parmi les collines miniatures, les bosquets bien taillés, les charmantes clairières et les petits lacs idylliques, on pourchassait un homme, comme aux temps anciens – et les chasseurs étaient des créatures issues de ce passé, à moins que ce ne fût de l'avenir, des créatures dépourvues de chaleur, d'amour, de compassion, de pitié.

Je débouchai sur une nouvelle allée pour piétons et repris la direction de l'ouest. Une sorte d'abris en bois, qui ressemblait un peu à un pont couvert, enjambait l'allée ; il avait depuis longtemps perdu toute sa raison d'être et s'alourdissait de festons compliqués, d'invraisemblables frontures qui caractérisent un certain style d'architecture du XIXe siècle. Sous cet abri, se tenait un agent de police ; il bavardait avec une grosse femme à cheveux jaunes, en uniforme de nurse, qui s'appuyait, avec une nonchalance quelque peu ridicule et sans grâce, à un landau d'enfant conçu comme une Rolls-Royce. Et, dominant toute cette scène sans effort, se déversaient les accents aigres et fêlés d'un orgue de Barbarie ; ils éveillèrent en moi, pour la seconde fois ce jour-là, le souvenir obsédant, déchirant d'une enfance que je ne connaissais pas.

Je m'arrêtai un instant pour réfléchir. Ce n'étaient pas les sujets de réflexion qui me manquaient ! Ils semblaient tous s'entrelacer, ils avaient de multiples points de contact et des fils ténus, presque invisibles, les retenaient, si bien que le raisonnable devenait déraisonnable, et l'illogique parfaitement logique. La raison me conseillait d'aller trouver l'agent de police, de lui dire que le Parc grouillait d'hommes qui en voulaient à ma vie ; la logique me conseillait le contraire – non parce que je n'étais pas sûr de le convaincre, mais parce que je commençais à connaître Vincent (oh, oui !) et que je savais que tous ces petits détails, Vincent les avait prévus. J'étais plongé dans une foule de mystères que j'aurais été bien en peine d'expliquer.

Je réfléchis donc à tout cela, avant de me diriger vers l'endroit d'où venait la musique. Je tombai sur un énorme manège à l'ancienne mode qui tournait au son de sa grinçante rengaine, avec des enfants perchés sur les chevaux de bois et un vieux bonhomme crasseux qui les contemplait d'un air bienveillant. Je ne sais s'il me vit. Je fis demi-tour et me remis à courir. Je suivis une allée, dégringolai le flanc d'une colline, trouvai une autre allée. Devant moi s'ouvrit alors l'un de ces tunnels qui passent sous les routes carrossables. Je m'y engageai, et, au même instant, un homme y pénétra par l'autre extrémité.

Je sus qui il était, sans distinguer autre chose qu'une silhouette sans visage. L'homme du tunnel était l'homme de la colline, et tous deux, à force de tracasser ma mémoire, devinrent Josephson, le chef de service de Garrison & Cie. Du même coup m'était restituée une autre petite parcelle de raison.

Nous étions face à face, aux deux bouts du tunnel.Il m'appela, et sa voix fit retomber de la voûte une interminable cascade d'échos.

– David... C'est vous, David ?

Une voix haut perchée, d'un calme admirable, bien articulée, dont les inflexions anglaises frémissaient comme des ailes d'oiseau.

– Restez où vous êtes, ordonnai-je d'une voix oppressée.

– Je pensais bien que c'était vous, David. Content de vous revoir.

– Ne bougez pas, haletai-je.

– Ces imbéciles vous auraient-ils énervé ? Très bien : je reste ici et vous là-bas. Mais nous pouvons tout de même parler, n'est-ce pas ? En personnes civilisées, hein, David ?

– Allez au diable !

– Tout ce que je vous demande, David, c'est de vous montrer raisonnable. C'est curieux, hein, comme ce tunnel déforme la voix. Et c'est un drôle d'endroit pour avoir un entretien, après tout ce temps.

– Pourquoi ne pas me fich' la paix... tous, autant que vous êtes ?

– Vous parlez comme un enfant boudeur, David. Un petit garçon peut parler ainsi, quand les grands le taquinent : « Laissez-moi tranquille, fichez-moi la paix. » C'est parce qu'il ne comprend pas. Mais vous, David, vous n'êtes plus un petit garçon, hein ? Plus du tout. Vous êtes un homme, vous êtes en train de nous créer toutes sortes d'ennuis et vous savez très bien pourquoi nous ne voulons pas vous fich' la paix.

– Que me voulez-vous ?

– Question superflue, David. Vous voilà et me voici. Vous causez des tas d'ennuis à vous-même comme à nous. Vous voulez qu'on vous fiche la paix ?... Nous ne demandons que cela ! Remarquable coïncidence, n'est-il pas vrai ? Alors, jetez-le tout bonnement devant vous. Après quoi, vous partez de votre côté, je le ramasse et je m'en vais du mien. Pas d'histoires, pas d'embêtements, tout est réglé. Vous comprenez, David, nous savons que vous l'avez. Il n'est nulle part ailleurs, donc, c'est vous qui l'avez. Alors, jetez-le-moi, voulez-vous, David ?

– Mais de quoi s'agit-il, pour l'amour du ciel ?

Je crois qu'à ce moment-là, s'il m'avait dit de quoi il s'agissait, je lui aurais jeté l'objet, quel qu'il fût... Mais, nom de nom, qu'est-ce que ça pouvait bien être ? Qu'étais-je censé détenir ? Que cherchaient-ils ? Une formule... tout bonnement, comme dans les romans, comme dans les films de second ordre, où il est toujours question d'une formule secrète d'une valeur phénoménale ? Mais je compris soudain que ce n'était pas si simple. Je savais, et, en même temps, je ne savais pas. Je connaissais un secret qui liait le ciel à l'enfer : une certaine énergie, que l'on dirigeait d'une certaine façon et, tout à coup, personne au monde n'était plus en sûreté ; l'humanité tout entière devenait pareille à moi, les hommes, harcelés comme des bêtes, retournaient, insensiblement, à l'état de bête qui, jadis, avait été le leur.

Mais tout cela, je le savais sans vraiment le savoir : je n'avais que des bribes de souvenirs incohérents, qui ne pouvaient être d'aucune utilité ni à moi, ni à Josephson. Je me rappelai alors le pistolet que m'avait remis Shela, quand elle avait changé de camp – si tant est qu'elle eût changé de camp – et je pris le parti de le tirer de ma poche pour descendre cet homme. Je n'en fis rien, pourtant. Tout en me demandant : pourquoi ? Pourquoi ?

Je ne trouvai aucune explication, sauf que la peur, qui me tenait, paralysait toute initiative si ce n'est celle de prendre la fuite.

– Nous n'allons pas rester ici à discuter, fit Josephson d'un ton irrité.

Il porta la main à la poche de son pardessus. Je me précipitai alors hors du tunnel et fonçai vers le nord. De nouveau, c'était la panique, l'angoisse à l'état pur que l'on appelle panique. Dépouillé de toute humanité, je courais comme un gibier traqué. Mes pensées étaient celles d'une bête. Non point logiques, raisonnables ; non, rien de tel. La bête pense en termes de mouvement : il faut courir, quitte à en mourir, pour ne pas qu'on vous fasse mourir. En courant, je traversai le Mall ; plus de prière, plus de désir, plus d'espoir, plus rien, à présent. La fuite, seulement la fuite. Un daim cerné par les rabatteurs : voilà ce que j'étais pour les créatures de Vincent. Il n'était plus question de survivre, d'opposer la ruse à la ruse, l'astuce à l'astuce, la force à la force. Je n'étais plus qu'un homme seul que poussait la seule terreur.

Toujours au pas de course, je traversai le Mall.

Comme il était désert ! Le soleil s'était maintenant caché derrière les nuages, et, sous ce ciel assombri, dans le vent de mars, il n'y avait, sur le Mall, qu'une seule créature : un petit garçon à bicyclette, qui décrivait des huit avec un air appliqué. Le kiosque à musique était sombre, désert, les piles de chaises recouvertes de bâches attendaient un temps plus printanier, les concerts en plein air, les foules d'hommes et de femmes, d'enfants qui par milliers, par centaines de milliers, envahiraient ces lieux où courait à présent un homme solitaire, cherchant son salut dans la fuite... Pour le moment, il n'y avait rien ni personne ; rien que ce petit garçon à vélo qui levait les yeux vers le ciel, le trouvait sans doute menaçant et s'éloignait à vive allure vers l'ouest, vers le pré aux moutons. Moi, c'était vers le nord que je courais, là où, peut-être, je trouverais une faille dans le filet qui se resserrait autour de moi, du sud, de l'est, de l'ouest. Je jetai un coup d'œil en arrière et aperçus Josephson : ses longues jambes faisaient de grands pas, mais il ne se pressait pas, il marchait en homme qui se déplace rapidement à cause de l'air vif.

Je courus, puis je marchai, pour prendre ensuite un trot allongé. Epaules remontées, mâchoires crispées, je trottai. Puis je me remis à courir à toutes jambes, haletant, sanglotant. En trois bonds, je me retrouvai de l'autre côté de la route carrossable, dont la courbe relie la nationale sud à la nationale nord ; je traversai, toujours courant, la fantastique plaza de style victorien, avec son décor de briques multicolores, et je descendis, jusqu'au lac, par le ravissant escalier qui évoque un conte de fées.

C'est alors, et bien trop tard, que je compris que j'étais pris au piège au bord du lac ; côté nord, je n'avais plus d'issue.

Cela me fit du bien, de m'en rendre compte. Tout

en fut transformé. Appuyé à la grande balustrade de pierre, je cherchai à reprendre mon souffle, et, en même temps, dépouillant la bête, je me sentis redevenir un homme. Et il est préférable d'être un homme, même si l'on doit mourir.

C'était à cela que je pensais en voyant apparaître Josephson au haut d'une crête, de l'autre côté de la grand-route. Il m'aperçut, me fit signe de la main. Alors pour la première fois, je tâtai, dans la poche de ma veste, le pistolet de Shela. J'en tirai un certain réconfort.

Je descendis l'escalier, m'engageai le long du lac. Les premières gouttes d'une pluie fine, fouettée par un vent de plus en plus violent, commençaient à tomber. Vers l'est, à moins de deux cents mètres de moi, un homme traversait une pelouse. Je savais à présent discerner la signification d'un mouvement, même de la simple marche. Je savais aussi identifier ces hommes. Ils se ressemblaient tous, et cela suffisait à les faire reconnaître. Ils se ressemblaient dans leur comportement, leurs pensées, leurs désirs. Celui-ci se dirigeait vers moi, et, dans son allure et dans son dessein, il y avait cette identité évidente.

J'avais devant moi les barques, empilées par six, en une interminable rangée ; comme les chaises du Mall, elles attendaient le printemps, la tiédeur du soleil, les milliers d'hommes et de femmes qui envahiraient le Parc, qui admireraient ces arbres, cette parcelle de terre et d'herbe. Derrière moi, une haute barrière de bois délimitait le débarcadère. Je me hissai par-dessus la rampe. Là, le long du ponton, je trouvai ce que j'espérais, la réponse à mes prières : une barque munie de ses rames, à demi tirée hors de l'eau sur la pente de bois du ponton, toute prête.

Je la poussai dans l'eau, à genoux une seconde et bondissant la seconde d'après. Au même instant, je vis le gardien sortir du hangar voisin et se mettre à courir vers moi le long du ponton, en poussant des cris. Mais j'avais déjà saisi les rames, j'avais fait pivoter l'embarcation et je ramais comme un fou vers la rive opposée.

L'homme de la pelouse avait dû prendre le pas de course, lui aussi, en me voyant sauter la barrière : il arriva juste pour tomber dans les bras du gardien. Pendant un moment, ils se colletèrent, accrochés l'un à l'autre et balancés de droite et de gauche. Je me trouvais déjà assez loin pour découvrir la charmante plaza de conte de fées et le grand escalier. Josephson était sur les marches, quand il m'aperçut, et un regard dut lui suffire pour saisir la situation. Un bref instant, il demeura immobile, le temps, pour le vieux bonhomme crasseux, de le rejoindre. Puis Josephson sortit un pistolet de sa poche, visa fort calmement et tira. J'étais déjà loin, pour un tireur au pistolet, même excellent, et il faisait de plus en plus sombre. Le vent soufflait, la pluie fouettait la surface du lac par rafales, et le bruit du coup de feu ne me parvint que comme un claquement assourdi. A son tour, le vieux tira son arme, et tous deux se mirent à me canarder, comme dans un exercice de tir. Mais j'étais maintenant trop loin, même pour un tireur d'élite : une seule balle approcha du but et fit sauter quelques éclats de bois au flanc de la barque.

Alors, ils renoncèrent. Ils rengainèrent leurs armes et descendirent en courant le reste des marches. Le fond de mon bateau grinça sur le rivage. Je remontai vivement le coteau, traversai le petit bois, me retrouvai dans une allée et pris la direction de l'ouest, pour sortir du Parc. Je ne cessai de courir qu'en arrivant à la Cinquième Avenue, et je ne vis aucun de mes adversaires. Je me hissai par-dessus le mur, retombai sur le trottoir et partis à vive allure vers Madison Avenue. Il y avait un autobus, à l'angle ; trempé, hors d'haleine, je montai, me laissai tomber sur une banquette.

Tout frissonnant dans mes vêtements mouillés, je restai dans l'autobus jusqu'à la 30e Rue. Là, je descendis, cherchai un drugstore, bus trois tasses d'un café brûlant qui m'écorcha le palais, mais me parut merveilleusement bon, achetai de mes petits cigares et en fumai un, en finissant mon café, avec plaisir et tout à loisir.

J'étais encore oppressé, et les multiples aiguillons de la tension, de la terreur, continuaient à me torturer ; mais le simple fait d'être vivant m'apportait une phénoménale impression de bien-être, de renouveau. Tous les autres problèmes s'effaçaient parce que j'en avais résolu un, le seul, l'unique, l'énorme : celui de demeurer en vie. Oui, je l'avais résolu. J'étais vivant, j'avais échappé aux créatures de Vincent. Je les avais semées, non point comme une bête, mais comme un homme. C'était en homme que j'avais établi un plan, couru ma chance, et réussi ; c'était pour cela que j'étais vivant.

Et je n'allais pas fuir. J'en étais à l'étape suivante, telle que la concevait Vincent. Curieux, vraiment, à quel point je me sentais vraiment proche de lui, avec quelle précision je devinais ses propos. D'après lui, je devais maintenant prendre la fuite. D'où me venait cette certitude ? Je n'en savais rien, mais elle était en moi. L'incident du Parc était terminé, on passait à la séquence suivante. On allait bloquer toute l'île de Manhattan – les ponts, le métro, les gares, les tunnels, les arrêts d'autobus, les aérodromes. Mais non, me dis-je, c'est trop difficile, même pour Vincent. Il allait s'y prendre autrement. La logique de l'histoire voulait qu'il me connût aussi bien que je le connaissais, et, si tel était le cas, je ne pouvais faire grand-chose sans qu'il le devinât par avance.

De toute manière, cela n'avait aucune importance. Le dénouement était proche. Vincent et moi, nous en avions conscience l'un et l'autre, je crois.

J'allai m'enfermer dans la cabine téléphonique du drugstore et appelai le Dr Augustus Broden.

Chapitre 15

Le docteur Broden

Ce fut la réceptionniste au visage sérieux qui me répondit. Elle devait avoir de l'oreille et la mémoire des voix, car, sans me donner le temps de me nommer, elle demanda :

– Monsieur Stillman, n'est-ce pas ?

– En effet. Ici M. Stillman. Je voudrais prendre rendez-vous avec le Dr Broden.

– Je crains que ce ne soit pas possible, monsieur Stillman.

– Vous savez très bien que c'est possible. Certaines chose sont impossibles, mais pas celle-là.

– Je veux dire que le Dr Broden n'y consentirait pas. Il refusera de vous recevoir, monsieur Stillman, et il est inutile d'insister. A la rigueur, il pourrait peut-être vous recommander à l'un de ses confrères, mais j'en doute.

– Pourrais-je parler au Dr Broden ?

– Non, je le regrette. Il est en consultation.

– Alors, quand pourrai-je lui parler ?

– Je ne pense pas que cela soit possible, monsieur Stillman.

– Ecoutez-moi, dis-je, c'est ridicule. J'ai des ennuis, de graves ennuis. Etes-vous donc incapable de reconnaître l'accent de la vérité ?

– Ce n'est pas moi le psychiatre, fit-elle calmement.

– Ne plaisantez pas. J'ai dit que j'avais de graves ennuis et c'est vrai. Il faut que je voie le Dr Broden. Si vous refusez de me donner un rendez-vous, je vais venir me planter dans votre salle d'attente, jusqu'à ce que je voie le Dr Broden entrer ou sortir.

– Vous ne croyez pas que cela serait une façon de faire peu digne d'un adulte, monsieur Stillman ?

Je raccrochai, achetai un peigne au comptoir et remis un peu d'ordre dans ma tenue, enfermé dans le minuscule cabinet de toilette. Il était maintenant près de midi. N'était ma veste, encore un peu humide et fripée, je n'avais plus spécialement l'air d'un homme qu'on a traqué et canardé depuis les premières heures de la matinée. A y bien réfléchir, tout ce qui m'était arrivé s'enveloppait d'une sorte de brume. On doit toujours être en mesure de distinguer nettement, sans passion, l'événement vécu et l'événement rêvé, mais, pour moi, ces derniers jours, ils avaient une tendance démoniaque à se confondre.

Quand je quittai le drugstore, la salle commençait à se remplir de gens qui venaient déjeuner. Dehors, il pleuvait toujours, et je restai sur le seuil jusqu'à ce qu'un taxi se présentât. J'y sautai, me fis conduire au cabinet du Dr Broden et y entrai.

Elle était là. Elle avait une sorte de beauté lasse, comme atténuée. Elle me considéra avec une sorte de froide impatience. Je m'avançai vers sa table, avec dans le regard, une prière.

– Quel genre d'ennuis avez-vous ? questionna-t-elle.

– De toutes sortes.

– Qu'avez-vous fait pour contrarier à ce point le Dr Broden ? Vous lui déplaisez vraiment, vous savez.

– Ecoutez, je n'en sais rien. C'est justement ce que je veux tirer au clair.

– Très bien, asseyez-vous, dit-elle, en me désignant

un petit divan. Asseyez-vous et ne faites pas de bruit, je vous en prie.

– Je ne fais pas de bruit. Combien de temps va-t-il falloir que j'attende ?

– Je n'en sais rien.

– Je pense que vous voyez défiler des gens de toute espèce ?

– Non, pas vraiment de toute espèce, répondit-elle brièvement.

Et elle se remit au travail.

Je restai là près d'une heure, et j'eus le temps de feuilleter un journal et quatre magazines. Je revoyais la matinée, et je pensais à ce qu'allaient être l'après-midi et la soirée. Je me demandais quel effet ça me ferait de sortir de là pour tomber sur un vieux bonhomme crasseux, dont le pardessus était fermé par une épingle double. Assis sur ce divan, je cherchai à me rappeler l'air que jouait le manège de chevaux de bois et j'eus la vision d'une journée chaude et ensoleillée, d'un petit cirque ambulant, et d'une femme avec un petit garçon – mais tout cela n'était qu'un mirage tremblant, sans consistance, qui n'apparaissait que pour disparaître aussitôt. Je me retrouvai au milieu du lac, en train de ramer désespérément ; mais, en même temps, je n'étais pas sur le lac, et un souvenir jaillit, comme si un jet d'eau m'inondait le visage. Je me laissai retomber sur les coussins, le front soudain trempé de sueur. Quand j'ouvris les yeux – je ne les avais fermés qu'un bref instant – le gros petit docteur venait vers moi de sa démarche dandinante.

– Je vous avais dit de ne pas revenir.

– Vous m'avez dit de fiche le camp. Mais pas de ne plus revenir.

– Vraiment ? Eh bien ! vous me devez vingt-cinq dollars.

– J'ai voulu vous payer et vous avez refusé.

– Ou vous me payez, ou vous fichez le camp !

Je ravalai les mots qui me montaient aux lèvres, sortis mon portefeuille, comptai vingt-cinq dollars et les lui tendis.

– Et maintenant, voulez-vous me recevoir ?

– Il s'agit là du prix de la dernière consultation.

– Je le sais. Pour l'amour du ciel, voulez-vous me recevoir ?

– Entrez, dit-il.

Et de la même démarche dandinante, il gagna son cabinet. On eût dit un monstrueux canard. Je le suivis. Il ferma la porte, me désigna le fauteuil du menton. Je m'assis, tandis qu'il demeurait debout au milieu de la pièce, jambes écartées, fixant sur moi un regard curieux.

– Vous permettez que je fume ?

– Que voulez-vous que ça me fasse ?

Je sortis mes petits cigares et il me demanda :

– Donnez-m'en un, voulez-vous ? Je les aime bien, mais je n'en achète jamais.

– Tout le monde les aime, mais il semble que personne n'en achète, sauf moi.

Il me dévisagea un instant, puis il eut un léger sourire. Il prit un briquet sur son bureau et alluma d'abord mon cigare, puis le sien. Après quoi, il regagna sa place au milieu de la pièce ; de toute évidence, c'est ainsi qu'il donnait ses consultations, quand ses patients lui déplaisaient. Il m'examina de nouveau, comme s'il me regardait à travers la paroi d'un bocal de formol, et me pria ensuite de lui exposer très précisément ce que j'attendais maintenant de lui.

– Je veux savoir ce qui vous a mis tellement en colère, l'autre jour.

– Vous êtes un simulateur, monsieur Stillman... voilà !

– C'est tout ?

– Je n'aime pas qu'on se paie ma tête. C'est intolérable pour n'importe qui ; ça l'est encore davantage pour quelqu'un de ma profession.

– Mais vous n'aviez pas d'autre motif ? C'était le seul ?

– Quel motif aurais-je eu, monsieur Stillman ? demanda-t-il.

Il avançait la tête et gonflait les joues ; il avait tout du crapaud.

– Le fait peut-être... que je n'étais pas un être humain ?

– Quoi ?

– Autre chose qu'un être humain ?

– Comment ? Que diable... quelles sotises venez-vous me conter là, monsieur Stillman ? Vous avez lu trop de bouquins stupides. Ce qui n'est pas humain est animal, végétal ou minéral. Etes-vous un animal, un végétal, un minéral, monsieur Stillman ?

Je secouai la tête sans rien trouver à répondre. Mon expression dut lui faire un certain effet : il alla vers une petite armoire d'angle et y prit un objet qui ressemblait à un stylo chromé. Il revint vers moi en se dandinant et me lança d'une voix brève :

– Tendez la main !

J'obéis. Il me prit le pouce, l'appuya sur l'extrémité du petit cylindre. Puis il pressa l'autre extrémité ; une aiguille jaillit et traversa l'épiderme de mon pouce. Je ne pus retenir un cri, mais sans lâcher mon doigt, il en fit sortir une grosse goutte de sang.

– Tenez... voyez, gronda-t-il avec irritation. Vous n'êtes pas fou ; seulement idiot et névrosé, comme la moitié de vos contemporains. Allez donc trouver un psychanalyste et contez-lui vos petits ennuis.

– Pourquoi suis-je un simulateur ? lui demandai-je doucement.

J'essayai de ne pas laisser voir que le soulagement

m'avait submergé, un soulagement terrible et délicieux.

Il posa l'instrument sur son bureau et demeura un instant immobile. Puis il se retourna vers moi, pour me dire, non sans bonté :

– Parce que vous m'avez décrit une situation manifestement impossible. Parce que vous avez prétendu que vous souffriez d'amnésie depuis trois ans sans le savoir. C'est également une impossibilité. Vous êtes donc un simulateur.

– Mais, dans les journaux, on trouve...

– Je sais ce qu'on trouve dans les journaux. Le premier chenapan, le premier bigame, le premier déserteur venu, s'il se fait prendre, découvre brusquement qu'il souffre d'amnésie. Mais, Dieu merci, je ne me fonde pas sur les journaux pour pratiquer mon art. Je conserve encore un certain respect pour les faits. Ce genre d'amnésie n'existe pas.

– Mais l'amnésie existe, insistai-je.

– Oui... pendant une heure ou deux. Pendant un jour ou deux. Pendant une semaine, peut-être, et même deux, à l'extrême rigueur. Il existe aussi le genre d'amnésie qui efface un événement unique, ou une suite d'événements liés les uns aux autres ; mais c'est tout à fait autre chose. L'amnésie dont vous parlez n'existe pas.

– Qu'est-ce qui produit l'amnésie ?

– Vous-même, répondit-il, en pointant sur moi son doigt court. Quand on ne se souvient pas, c'est qu'on a peur de se souvenir. Mais le souvenir finit toujours par s'imposer à vous.

– Alors, pourquoi me traiter de menteur ? m'écriai-je brusquement. Parce que j'ai cru que pendant trois ans, j'avais perdu la mémoire, que tout s'était effacé ? Avec votre science, votre sacrée prétention, il ne vous est même pas venu à l'esprit que, si j'étais dans cet état depuis vingt-quatre heures, en arrivant chez vous, je pouvais croire, néanmoins, en toute honnêteté que mon amnésie durait depuis trois ans ? Vous êtes médecin, non ? Alors, regardez-moi ! Savez-vous de quel enfer je sors ? Je viens vous demander assistance et vous me traitez d'escroc !

Il s'assit alors dans le fauteuil en face de moi, posa ses gros bras courts sur les accoudoirs.

– C'est bon, monsieur Stillman... il m'arrive de faire une sottise, mais je suis toujours prêt à m'instruire, et je ne suis pas assez sot pour refuser d'admettre que je me suis trompé. De quoi vous-êtes vous souvenu ?

– Comment savez-vous que je me suis souvenu de quelque chose ?

– Si vraiment vous souffriez d'amnésie, il a bien fallu que la mémoire vous revienne. Sinon, vous m'avez menti ; mais je ne le crois plus. Je sais me montrer humble, vous voyez. Il a donc fallu que la mémoire commence à vous revenir. C'est ça l'amnésie : un bloc, qui se met à s'effriter, petit à petit. Vous avez changé ; vous allez changer de plus en plus, à mesure que les souvenirs vous reviendront.

– Me reviendront-ils jamais ?

– Sans aucun doute. Ils reviendront, même si vous n'en avez pas envie. A condition de ne pas avoir peur de la terrible cause qui a provoqué l'oubli... cet événement qui vous a contraint de tout oublier à l'instant même, sous peine d'en mourir. Vous n'êtes pas du type dépressif. Vous ne désirez pas la mort. Alors, vous avez oublié. Et maintenant, dites-moi ce qui vous est revenu à l'esprit.

– Je me suis rappelé un souvenir d'enfance, répondis-je lentement. J'étais un petit garçon, mais je me voyais de l'intérieur...

– C'est cela, les souvenirs, approuva-t-il en hochant la tête.

– Je me trouvais au bord d'un lac, d'une crique ou d'un bras de mer... une longue étendue d'eau miroitante, et des montagnes qui se dressaient sur le rivage. Au loin, sur l'eau, je voyais un petit bateau, et un homme dedans. Et plus près, au milieu d'un champ, se dressait une vieille tour de guet en ruine qui, pour nous, était la demeure du diable.

– La tour ?

– La tour, c'était l'entrée de l'enfer. Un jour, j'ai descendu l'escalier, à l'intérieur. Pas jusqu'au bout : jusqu'à ce que ma peur m'empêche d'aller plus loin.

– Jusqu'où ?

– Je ne m'en souviens pas.

– Réfléchissez... reportez-vous à ce moment par la pensée. Le fait a produit sur vous une forte impression. Réfléchissez.

– Huit volées de marches, murmurai-je.

– Tiens... Les voilà, les étages qui n'existaient pas. Les huit volées de marche de votre enfance ! Vous savez fort bien, naturellement, que la tour de guet ne s'enfonçait pas à cette profondeur. La seule porte de l'enfer, monsieur Stillman, c'est le mal que manigancent les hommes. La tour de guet avait été bâtie au grand soleil, mais, au fil des siècles, elle a dû s'ensabler quelque peu, et vous avez cru vous enfoncer dans un incroyable abîme. L'impression que vous avez reçue à ce moment-là a dû être bien forte, monsieur Stillman, puisque c'est ainsi qu'a commencé votre amnésie, il y a deux jours, pendant que vous descendiez cet escalier, et c'est dans votre esprit que s'est faite cette association d'idées assez courante. Votre amnésie ne date pas de trois ans, monsieur Stillman, ni de dix ans, mais de quelques heures avant votre première visite ici. Et déjà, elle commence à se dissiper... de la même façon qu'elle a commencé : par la même association d'idées.

– Mais comment se fait-il que je croyais avoir perdu le souvenir de trois années ?

– Vous n'aviez pas perdu le souvenir de ces trois années, monsieur Stillman. Un homme sans amis, sans femmes, sans médecin. Vous vous rappeliez une partie, mais vous vous placiez dans une situation où vous aviez envie de vous trouver... seul en face du monde entier. Il vous fallait absolument vous voir ainsi, pendant quelques heures, pour pouvoir survivre. Vous aviez besoin de vous voir comme une unité totalement isolée, un peu de chair sans rien autour, le genre de condition que n'a jamais connue aucun homme depuis le commencement des temps. Vous vous sentiez obligé de rompre tous les liens qui vous rattachaient à l'humanité ; mais, comme vous êtes homme, quels que soient les tours de passe-passe mentaux auxquels vous vous livriez, vous n'aviez pas plus tôt rompu ces liens que vous vous êtes mis en devoir de les rassembler. Voilà pourquoi vous êtes venu me trouver, hier.

– Mais pourquoi ? Pourquoi ?

– Ça, monsieur Stillman, je n'en sais rien. Et je ne crois pas avoir envie de le savoir. Je suis un psychiatre, pas un psychanalyste, ni un prêtre.

Il se leva, alla jusqu'à son bureau et demeura un moment pensif ; il tournait et retournait entre ses doigts le petit instrument métallique avec lequel il m'avait piqué le doigt.

– Nous vivons une étrange époque, monsieur Stillman, dit-il enfin.

– Oui.

– Vous êtes un homme instruit, monsieur Stillman, un homme qui possède certainement sa propre philosophie. J'ignore ce qu'est cette philosophie, mais la mienne consiste à substituer ma science à l'univers... et cela aussi offense plutôt le bon sens, n'est-ce pas, monsieur Stillman ?

– Vous ne voudriez pas que je me pose en juge ?

– Non, sans doute. Voulez-vous que je vous dise, monsieur Stillman ? Je ne veux rien savoir de ce terrible choc que vous avez reçu dans votre vie. Je suis un égoïste. Je ne tiens pas à me fourrer dans un guêpier.

– Moi non plus, je ne sais rien de tout ça.

– Mais vous le saurez, monsieur Stillman. A partir de maintenant, vous allez commencer à vous souvenir. Non, ne me donnez pas d'argent. J'ai pris votre argent une fois. Je ne veux plus en accepter.

Chapitre 16

La réceptionniste

Dans le salon d'attente, la grande et grave réceptionniste enfilait son manteau. Je l'aidai et, quand elle m'eut remercié, je lui demandai où elle allait.

– Je vais déjeuner, si cela peut vous intéresser.

– Voulez-vous déjeuner avec moi ?

– N'allez-vous pas un peu vite en besogne, monsieur Stillman ?

– Ne jouez pas à ça, je vous en prie. Ni vous ni moi ne sommes doués.

– Je ne me laisse pas inviter par les clients, déclara-t-elle sans ambages.

– Je ne fais plus partie de vos patients. Peut-être même n'en ai-je jamais fait partie. Bon sang... de toute manière, il faut que vous déjeuniez, non ? Moi, je n'ai pas envie de me retrouver seul, et je n'ai personne au monde avec qui je puisse déjeuner... ou dîner, ou souper.

– Personne, vraiment, monsieur Stillman ? fit-elle en me dévisageant gravement.

– Personne, c'est bien vrai.

– Très bien. Je m'appelle Hilda Gorden. Vous pouvez m'appeler Hilda, ou miss Gorden, comme il vous plaira.

– Vous n'êtes pas mariée ?

– Je ne suis plus mariée. Et je ne crois pas que je me remarierai un jour, monsieur Stillman. Il y a des quantités de gens qui sont seuls ; moins seuls que vous, peut-être, mais seuls quand même.

Nous sortîmes. Un vent violent, glacial, balayait la 59e Rue : il venait de l'est, de l'océan, dont il apportait avec lui la pénétrante saveur. Il n'était guère plus de midi, mais la ville s'assombrissait, sous un ciel bas, peuplé de nuages menaçants. La pluie avait cessé, mais l'atmosphère était chargée d'une électricité furieuse, d'une sorte de rage majestueuse, en suspens au-dessus de nos têtes. Les rafales de vent secouaient l'arbre d'en face, et les passants marchaient tête baissée, étroitement enveloppés dans des vêtements soigneusement boutonnés, protection primitive contre cette primitive invasion de leur cité.

– C'est merveilleux, n'est-ce pas ? dit miss Gorden, en offrant son visage au vent avec un évident plaisir.

– Je ne suis pas de cet avis.

– Mais regardez le parc... regardez donc le parc, monsieur Stillman. Ce n'est plus un parc, c'est une jungle. Aimeriez-vous y entrer, à présent ?

– Non, certainement pas.

– Vous auriez peur, n'est-ce pas ? Moi aussi. Nous édifions une ville comme celle-ci, nous consacrons tout le temps, toute l'expérience, toute l'imagination que nous possédons à lui donner force et solidité, et un peu de vent suffit à la dompter. Rien qu'un peu de vent. Avez-vous jamais connu un vent véritable, un vent terrible, monsieur Stillman... un ouragan, un typhon ?

– Oui, répondis-je à voix basse.

– Où cela ?

– Dans le Pacifique, pendant la guerre...

Je fus soudain couvert de chair de poule.

– Cherchons un endroit où déjeuner, dis-je.

Elle prit la direction de l'ouest : en continuant par là, à quelque six ou sept cents mètres, elle allait se trouver devant le bureau de Caselle, où le corps gisait toujours, sans doute, seul, oublié, négligé. Je lui pris le bras :

– Non, pas de ce côté, voulez-vous ? Allons déjeuner au Plaza.

– Je n'y vais pas souvent, monsieur Stillman.

– Moi non plus, miss Gorden. Mais aujourd'hui, c'est permis, non ?

– Si vous voulez.

Nous suivîmes donc la 59e Rue en direction de l'est, jusqu'au Plaza. Nous bûmes un verre avant de déjeuner ; je vis que cela faisait plaisir à miss Gorden, qu'elle était contente d'être là, contente d'être avec moi. Cette impression ne faisait qu'ajouter à la tristesse mélancolique qui m'envahissait peu à peu. Je ne parlais guère. Je préférais l'écouter ; elle parlait du Dr Broden, un très grand savant, à son avis – c'était peut-être vrai ; elle parlait d'elle-même, et de son mari, mort, six ans plus tôt, sur un petit atoll solitaire, dans le Pacifique...

– Vous disiez que vous aviez été, vous aussi, dans le Pacifique, monsieur Stillman ?

J'opinai de la tête.

– Et voilà que ça va se reproduire encore, n'est-ce pas, monsieur Stillman ? La même catastrophe ?

– Je n'en sais rien.

– Je ne sais pas comment il se fait que je parle tant. Cela ne m'arrive jamais, d'ordinaire, surtout avec quelqu'un que je ne connais absolument pas. Mais, après tout, ce n'est qu'une convention... Pourquoi faut-il que nous considérions n'importe quel être humain comme un inconnu ?

– Je n'en sais rien, mais c'est un fait, n'est-ce pas ?

– Oui, c'est vrai. Mais quand je vois un homme comme le Dr Broden, si désavantagé physiquement, tirer un tel parti de la vie... Il voudrait m'épouser.

Elle me regardait d'un drôle d'air.

– Croyez-moi, je ne sais pas pourquoi je vous raconte tout ça, monsieur Stillman.

– Pourquoi vous tracassez-vous ? Je vous ai invitée à déjeuner avec moi.

– Qu'est-ce que vous faites, monsieur Stillman ? Quel est votre métier ?

Je la dévisageai sans répondre.

– Je vous demande pardon. Vous n'êtes pas forcé de me le dire, si vous n'en avez pas envie.

– Ce n'est pas que je n'en aie pas envie, murmurai-je.

– Vous ne vous sentez pas bien, monsieur Stillman ?

– Ce n'est pas que je n'en aie pas envie, répétai-je. Mais je croyais être un expert commercial ; et, au moment où vous m'avez posé la question, je me suis rappelé que j'étais chimiste.

Ma fourchette jouait machinalement avec les œufs dans mon assiette.

– Pourquoi avez-vous l'impression que je ne me sens pas bien ? demandai-je.

– Vous avez pâli, voilà tout. Il n'y a pas là de quoi vous inquiéter. Je ne devrais pas me montrer indiscrète.

– Vous n'êtes pas indiscrète, miss Gorden. Vous savez bien qu'on ne vient pas trouver le Dr Broden si l'on est comme tout le monde.

– Si, ça arrive.

– Ça arrive peut-être. J'ignore si je suis dans ce cas. Il y a des quantités de choses que j'ignore, sur moi-même. Si nous parlions d'autre chose ?

– Comme vous voudrez.

Nous terminâmes le repas, je remerciai miss Gorden et elle regagna son bureau. Je passai dans le hall du Plaza, allumai un petit cigare et fumai un instant sans bouger. Puis j'allai jusqu'au kiosque à journaux, j'achetai un journal du soir. En deuxième page, s'étalait le reportage des obsèques de Charles Calvin. Il semblait impossible que si peu de temps se fût écoulé, que ce cauchemar dans lequel je me débattais, et qui avait commencé avec son terrible plongeon du vingt-deuxième étage, n'eût duré que le temps, pour lui, d'être enterré. Chaque séquence de ce cauchemar me semblait une éternité, mais, après tout, Charles Calvin n'était-il pas mort depuis une éternité, déjà ?

« Durant toute la semaine prochaine, disait l'article, la famille ne recevra personne. Mme Calvin et sa fille partiront ensuite pour un séjour prolongé en Europe. Mme Calvin, durement éprouvée par la mort de son mari, est actuellement sous observation médicale... »

Je poursuivis ma lecture par une déclaration de l'associé de Calvin. Après quoi, je repliai le journal et finis tranquillement mon cigare.

Broden avait vu juste. Les souvenirs me revenaient. Je savais qui était Vincent. Pas d'une manière certaine, mais presque : j'en aurais la certitude dès que je le verrais. Un souvenir n'avait pas de valeur, ou, du moins, ne suffisait pas. Vincent s'était introduit dans ma vie peu à peu, comme par fragments, mais la connaissance que j'avais de lui était une connaissance intérieure : ses pensées, ses rêves, ses désirs, sa folie. Mais il me fallait le voir, pour en être sûr. Il y avait des fissures, dans l'image que je me faisais de lui, et les rayons d'une terrible lumière allaient filtrer par ces crevasses.

Chapitre 17

La fille

La peur de ce qui existe n'est jamais aussi redoutable que la peur de ce qui n'existe pas. Je tournais et retournais cette pensée dans mon esprit, après avoir quitté le Plaza, pour prendre, vers l'est, la direction de Park Avenue. Un homme qui redoute la réalité peut être, selon sa nature, un homme brave ou un poltron ; mais celui qui redoute une chose qui n'existe pas ne peut être qu'une espèce de pauvre diable en proie à la panique : c'est ce que j'étais devenu, pendant ma course à travers le Parc, avec toutes les innommables créatures de l'enfer à mes trousses. Ma peur – chose à peine croyable ! – s'était en grande partie dissipée à la simple vue de la goutte de sang qui avait jailli de mon doigt, après la piqûre. Je ne pouvais même plus, à présent, redonner forme aux craintes qui m'avaient assailli, aux soupçons, à la terrible et malsaine folie, surgie de la nuit du Moyen Age.

J'avais toujours peur, mais la nature de cette peur avait considérablement changé. C'étaient des réalités que j'affrontais, maintenant, et la crainte même de la mort est parfois moins terrible que la crainte de monstres sans nom. Mais, si tous les phantasmes se dissolvaient peu à peu, je ne doutais pas pour autant de l'existence des créatures de Vincent. Ce n'étaient pas là des produits de mon imagination.

En fort peu de temps, j'avais acquis des habitudes

nouvelles. Je m'en aperçus en remontant Park Avenue. J'étais incapable de me détendre : j'étais comme monté sur ressorts et, tout en marchant, je devais résister sans cesse à la tentation de me retourner pour regarder derrière moi. Au début, je cédai à la tentation : un bruit de pas suffisait pour me faire jeter un coup d'œil par-dessus mon épaule. Mais, toutes les fois que je regardais en arrière, je me sentais un peu démoralisé. Je compris que cela devait cesser et parvins à dominer mon réflexe. Mais je ne pouvais pas empêcher mes yeux de scruter chaque passant, chaque voiture, chaque porte, chaque fenêtre, chaque rue adjacente. C'est ainsi qu'on avance à travers la jungle : je me rappelais maintenant le temps où je me frayais un passage ; je me rappelais également m'être demandé si, oui ou non, la mémoire survivait un instant au choc d'une balle en pleine tête. Si vous avez fait la même expérience, vous devez vous rappeler que c'est toujours pour sa tête que l'on craint : pourvu que le projectile vous touche au corps, au ventre, au bas-ventre ou même au cœur, mais pas à la tête, où il n'y a que l'explosion, et puis, plus rien. Ma mémoire m'avait été enlevée une fois déjà ; je ne pouvais supporter l'idée de la perdre de nouveau.

Pourtant, il ne se passait rien. Et chaque instant qui s'écoulait sans incident me donnait un peu plus de force.

Il faisait, en vérité, cet après-midi, un temps épouvantable, effrayant. Le ciel noir, menaçant, paraissait descendre dans la pénombre crépusculaire de ce gouffre qu'était Park Avenue ; un lointain grondement de tonnerre se faisait entendre assez régulièrement, le premier tonnerre du printemps, accompagné parfois d'un éclair, pour que le spectacle fût complet. Le vent redoublait de violence, et les rares passants pressaient le pas, en jetant des regards anxieux vers d'éventuels abris.

J'avais à parcourir la distance de six pâtés de maisons. J'avais besoin de marcher, de sentir le vent me fouetter le visage, de m'éclaircir les idées, de réfléchir à mes nombreux problèmes, d'accorder quelques regrets, quelques larmes, au pauvre Caselle, d'imaginer ce qu'allaient être les prochaines heures, de trouver la force nécessaire pour les affronter et me comporter décemment, avec un minimum de dignité, pour mourir, s'il le fallait, honorablement. Vous m'accorderez que ce sont là des sujets de réflexion d'une certaine conséquence. J'y réfléchis donc – pendant les brefs moments dont je disposais. Et je me retrouvai devant le grand immeuble jaune, dont la vue évoqua pour moi d'autres souvenirs. C'était ainsi : chaque souvenir en appelait d'autres.

L'immeuble de Park Avenue qu'avait habité Charles Calvin était fort luxueux, fort imposant, avec de nombreux et perspicaces portiers qui évaluaient avec perspicacité vos revenus et vos intentions et vous traitaient en conséquence. Quand j'annonçai ma destination, ils répondirent que Mme Calvin et sa fille ne recevaient pas.

– Si vous les appeliez ? dis-je.

– Elles ne veulent recevoir aucun appel.

Un dollar suffit pour tout changer.

– Appelez-les donc, insistai-je, et dites que M. Stillman désire voir miss Joyce Calvin.

L'homme téléphona et me dit de monter.

Il n'est guère facile de décrire le processus du retour de la mémoire. Chacun le connaît succinctement : il arrive à tout le monde d'oublier une chose ou une autre ; ce qu'on a oublié ne vous manque pas. Ce qui peut vous manquer c'est ce dont on se souvient. Et quand le souvenir revient, c'est en douceur, insidieusement, si bien que, parfois, on a tout juste conscience de son retour. Je savais ainsi que je devais monter jusqu'au douzième étage, et, dès que j'aperçus cette mince et jolie fille de vingt-trois ans, aux cheveux châtains, aux traits réguliers, je sus qu'elle n'était pas pour moi une inconnue.

Ce fut elle qui m'ouvrit la porte. Elle me considéra longuement, avant de dire, d'une voix un peu haletante :

– Entrez, David.

Et quand elle eut refermé le battant sur moi, elle se jeta dans mes bras, se serra contre moi, et se mit à pleurer comme si c'était la première fois qu'elle pouvait donner libre cours à ses larmes. Enfin, elle s'apaisa, s'écarta de moi, s'essuya les yeux et parvint à sourire.

– Il était bien entendu que je ne recommencerais plus, n'est-ce pas, David ? Que je ne ferais plus jamais d'avances à un homme qui ne voulait pas de moi, à David Stillman en particulier, n'est-ce pas ?

– Comment allez-vous ?

– Je me sens horriblement mal. Si mal, que j'ai envie de mourir. Voilà comment je suis, David. Et quand tout le monde s'est mis à défiler... la police, la presse, les gens du gouvernement... tout le monde, sauf David Stillman...

– Je n'ai pas pu venir, Joyce. Cela m'était impossible.

– Alors que j'avais tellement besoin de vous ?

– C'était impossible. Peut-être, un jour, pourrai-je vous expliquer à quel point c'était impossible, Joyce.

– Vous saviez ?

– Oui, je savais.

Je songeai, en même temps, à la manière dont j'avais su, au corps étendu sur le trottoir mouillé, tout brisé et disloqué, dans un mélange de sang et de pluie, je songeai à ce qui avait dû se produire dans mon esprit, pour me faire croire que je sortais de la firme Garrison & Cie, qui avait fermé ses portes trois ans plus tôt. Alors, pour la première fois depuis le début de ce cauchemar, dans le vestibule trop meublé, trop lambrissé, trop calfeutré de l'appartement de Charles Calvin, je me posai la question : de quel bureau étais-je sorti, au vingt-deuxième étage de cet immeuble, le soir où Charles Calvin avait plongé dans la mort, si ce n'est de celui de Garrison & Cie ?

– Vous le saviez, et vous n'êtes pas venu quand même ? Comment est-ce possible, David ? Qui ai-je au monde à part vous ? Vers qui pouvais-je me tourner ?

– Ça a été dur, hein ?

– Vous croyez, David ? Voulez-vous nous faire une déclaration, miss Calvin ? Avez-vous une idée de ce qui a pu pousser votre père à se tuer, miss Calvin ? Il faut regarder la réalité en face, miss Calvin... pensez-vous que votre père ait pu être assassiné ? Quels sont vos projets, miss Calvin ? Votre père était-il déprimé, miss Calvin ? Votre père avait-il des ennemis personnels, miss Calvin ? Votre père avait-il consulté un psychiatre, miss Calvin ? Il y a certaines choses que nous devons savoir, miss Calvin. Cherchez bien toutes les petites saletés... étalez-nous tout ça, miss Calvin. Vous avez vu assez de films sur le sujet, miss Calvin, pour savoir comment ça se passe. Dans la Rome antique, ils avaient les jeux du cirque ; nous, nous avons les morts violentes, miss Calvin. Parce que votre père est mort d'une certaine manière, miss Calvin, vous devez maintenant vous dépouiller de toutes les réserves aimables de la civilisation. Vous devez bien le comprendre, miss Calvin. Tout le monde, en Amérique, se passionne pour cette histoire, miss Calvin. Le monde entier s'y intéresse, miss Calvin. Le monde entier...

– C'est assez, dis-je doucement. Assez, Joyce. Vous vous faites du mal...

– Qu'est-ce qui peut me faire du bien, David ? Je suis terriblement lasse... et j'ai tellement peur.

– Peur de quoi ?

Elle changea soudain d'expression et sourit. Ainsi, elle évoquait pour moi, consciemment ou non, la petite fille que j'avais connue lors de notre première rencontre, charmante, légère, souriante, aussi heureuse que pouvait l'être une enfant de son milieu.

– Je suis heureuse que vous soyez là, David, dit-elle.

– Je suis heureux d'être là. Comment va votre mère, Joyce ?

– Vous devez bien l'imaginer. Elle est prostrée. C'est le seul moyen qu'elle ait de contenir sa joie. Elle est prostrée.

– Vous ne devriez pas parler ainsi, Joyce.

– Ah ?

Je connaissais depuis longtemps cette attitude : en équilibre sur un pied, l'autre, traçant au sol un demi-cercle, le cou gonflé, le visage levé vers le mien ; pendant un fugitif instant, je pus récapituler tous les événements du passé, et j'eus devant moi ce souvenir de jeunesse, telle une boule de cristal – aussi solide et aussi fragile. Et puis, tout cela disparut, pour faire place à une rage, à une haine plus violentes que tout ce dont j'avais pu rêver.

– Non ? s'écria-t-elle. Non, David ? Mais vous ne connaissez pas ma chère mère, pas vrai, David ?

– Je crois que vous vous laissez emporter par le chagrin, Joyce.

– Vraiment, David ? Pensez-vous que je suis injuste envers ma chère maman, quand je vous dis qu'elle est prostrée de joie ? Elle est formidable en noir, vous savez : chemise de nuit noire, déshabillé noir, et jusqu'à la lingerie la plus intime. Elle se traîne à travers l'appartement comme une Camille de pacotille... Mais je vous demande pardon, David... je suis navrée... je ne vous ai même pas invité à entrer, je crois ? Voulez-vous prendre un cocktail avec moi ?

– Il est un peu tôt ; non ?

– Pensez-vous ! J'ai besoin de boire un verre, que vous me teniez compagnie ou non.

– Très bien.

Elle me conduisit dans la salle de séjour. Des souvenirs, encore : ils coulaient comme un fleuve, et, pendant que Joyce préparait les cocktails, je contemplai le portrait de Charles Calvin. Il y avait deux photos, pareillement encadrées, posées sur un guéridon, derrière le divan. Il était facile de discerner comment l'homme du portrait avait pu s'emparer du cœur de son enfant et le retenir. C'était un beau visage, mais plus énergique encore que beau ; les longs traits irréguliers évoquaient Lincoln ; une compassion rêveuse creusait des lignes profondes sur ses joues et sur son front, mais une compassion, peut-être, trop parfaite, trop composée, trop voulue. Point n'était besoin de connaître Charles Calvin pour savoir le rôle qu'avait joué l'homme, doté d'un tel visage. Hollywood lui eût proposé le même.

L'autre portrait était très différent. Aucune compassion, pas même affectée, n'adoucissait la brutalité de ce visage carré et énergique. Un semblant de sourire, peut-être, mais qui n'arrivait pas jusqu'aux yeux pâles, trop bien abrités sous les sourcils en broussaille. Chaque œil avait ainsi son propre nid. Le nez droit s'élargissait aux narines, la bouche était longue et mince. C'était là un visage puissant, charnu, arrogant, celui d'un homme qui devait aimer la bonne chère, les femmes, le pouvoir. J'avais déjà vu ce visage bien souvent.

– Où avez-vous eu ces photos ? demandai-je lentement.

– Vous ne les connaissiez pas, David ?

Tout occupée à préparer les cocktails, elle ne se retourna pas.

– C'est Bronson qui me les a offertes.

– Bronson ?

– Oui. C'est vrai que vous n'avez pu les voir ! Il me les a offertes pour mon dernier anniversaire.

Je me rappelai alors où j'avais déjà vu le second portrait : dans le journal, où j'avais lu le reportage sur les funérailles.

– Je préfère la photo de Père à celle de Bronson, ajouta-t-elle.

– C'est Bronson Gilcuddy, fis-je.

– Qu'est-ce qui ne va pas, David ?

Il n'y avait pas de réponse à cette question. Qu'est-ce qui n'allait pas ? Nous étions humains, naguère, bons et affectueux, pleins de tendres pensées et de tendres espoirs. Mais des hommes terribles étaient intervenus dans nos vies avec leurs redoutables méthodes. J'avais connu un tel homme. Les circonstances m'avaient amené à faire sa connaissance et, peu à peu, je m'étais fait de lui un portrait – vu de l'intérieur. Je me doutais bien que je reconnaîtrais sa physionomie dès que je la verrais, je m'y attendais mais je n'avais pas pensé la découvrir si simplement, si directement. J'avais eu le soupçon que Bronson Gilcuddy pouvait être Vincent ; je n'aurais jamais imaginé que je me trouverais devant un portrait de lui, et que Vincent me recevrait ainsi, sans masque.

– David, murmura Joyce.

Je l'avais perdue. Pendant un long moment, je l'avais totalement oubliée. Seul existait ce visage dans ce cadre. Seul existait Vincent. Il fallait bien lui donner un nom. On ne pouvait pas l'appeler Bronson Gilcuddy. Alors, pourquoi pas Vincent ? Le nom en valait bien un autre.

– David, quelle tête vous avez !

– Qu'est-ce qu'elle a, ma tête ?

– Je ne vous ai jamais vu ainsi.

– Comment ?

– Cette haine... dit-elle. Cette haine, David !

– Je hais Vincent, déclarai-je avec simplicité.

– Qui est Vincent ? Qu'est-ce qui vous prend, David ? C'est Bronson que vous haïssez.

– Peut-être.

– Mais pourquoi le haïr à ce point, David ? Il s'est montré très bon, très gentil, et je me demande ce que je serais devenue sans lui. Grâce à lui, tout m'a été plus facile. Il est comme ça, vous le savez. Les gens sont toujours prêts à faire ce qu'il veut. Je le sais. Moi-même, je subis son ascendant... Il s'est montré très bon.

Elle me tendit un verre.

– Je viens de vivre un cauchemar, David. Voulez-vous que nous buvions à sa fin ? Oh, Dieu ! je me sens si abominablement lasse.

Je bus une gorgée ; elle aussi. Puis elle prit la photo de son père pour la regarder de plus près.

– Ils étaient très amis. Bronson adorait Père.

Je compris, à sa voix, ce qui allait se produire ; je ne croyais pas que de pleurer encore pouvait la soulager. Désormais, cela ne pouvait faire de bien ni à l'un ni à l'autre. Je dis doucement :

– Les morts sont bien morts.

– Comment pouvez-vous dire ça ?

– C'est la seule chose qu'il y ait à dire, Joyce. La vie appartient aux vivants.

– Je n'ai que faire de cette philosophie de pacotille, jeta-t-elle d'une voix brève.

– Elle n'est pas tellement de pacotille.

– Vous pouvez la garder, David. J'oublie moins facilement que vous.

– Vous ne pensez pas ce que vous dites, Joyce.

Elle posa le portrait et son verre, se tourna vers moi et me dévisagea un instant. Puis elle s'approcha et murmura :

– David, David... aidez-moi, je vous en prie !

– Je ferai tout mon possible, Joyce.

– Aidez-moi, je vous en prie.

Je m'assis sur le divan. Elle se laissa tomber près de moi, appuya sa tête contre mon bras et se mit à pleurer. Il était vain de chercher à l'en empêcher. Je la laissai pleurer tout son soûl.

Chapitre 18

L'épouse

– Ça va mieux, maintenant, David, dit-elle. J'ai assez fait la gamine. Nous allons parler.

J'allai chercher nos verres.

– Vous me faites du bien, David. Vous ressemblez beaucoup à mon père, vous savez.

– Il n'est pas nécessaire de ressembler à votre père, Joyce. Votre père était ce qu'il était. Il demeurera toujours le même pour vous.

– Vous croyez ? David, je vais vous poser une question... mais il faut me promettre de me dire la vérité.

– Pourquoi ne vous la dirais-je pas, Joyce ?

– Ne me répondez pas par une question, David. Vous promettez ?

– Si je le peux, oui.

– Je n'en demande pas plus. Dites-moi, David : mon père a-t-il été assassiné ?

Je restai immobile, les yeux fixés sur elle.

– Pourquoi ne me répondez-vous pas, David ?

Je ne bougeai toujours pas. Je finis par dire :

– Vous avez de ces questions, Joyce !

– Quelles questions ?

– Comment le saurais-je, Joyce ?

– Vous vous trouviez dans l'immeuble, n'est-il pas vrai, David ?

– Comment le savez-vous ?

– C'est Bronson qui me l'a dit. Il m'a dit que vous étiez rentré à New York, chez vous, pour reprendre du travail dans l'entreprise, le jour même où mon père est mort.

– Et que vous a-t-il dit encore, Bronson ? demandai-je à voix basse. Vous a-t-il dit où j'étais depuis trois ans ?

– Je sais où vous étiez.

– Où ça ?

– Vous vous cachiez.

– Je me cachais pourquoi, Joyce ? demandai-je, presque en un murmure. Bronson vous l'a-t-il dit aussi ?

– Parce que vous pensiez...

Elle s'interrompit, secoua la tête, avala d'un trait le reste de son cocktail.

– Je suis un peu ivre, David.

– Je pensais quoi ?

– Je suis un peu ivre, David. J'ai besoin de boire. Si je reste là à réfléchir, je vais devenir folle.

– Mais je tiens à savoir ce que vous a dit Bronson, Joyce. C'est pour moi d'une grande importance. Vous m'avez demandé de vous dire la vérité. Je vous l'ai promis. Vous devez me la dire, vous aussi, Joyce, si vous voulez que je vous aide.

– Je ne sais plus où j'en suis. Je ne sais plus où est la vérité. Je ne sais plus rien, David.

– J'ai pensé quoi ? Je me suis caché pourquoi, Joyce ?

– A cause de mon père, murmura-t-elle.

Je la dévisageai. Je me levai en secouant la tête. Puis je me rassis, pris ses mains dans les miennes.

– Il ne faut jamais avoir peur de moi, Joyce. Je suis votre ami. Vous le savez. Pourquoi aurais-je eu peur de votre père ?

– Parce que vous saviez où était la formule, David,

dit-elle d'une voix blanche. Bronson lui-même l'ignorait... il n'y avait que vous, mon père et moi... Et quand j'ai ouvert le coffre, elle n'y était plus.

– Joyce, Joyce... votre père n'a pas été assassiné. N'avez-vous pas lu la déclaration de sa secrétaire ? Elle ne l'a quitté qu'un instant. Et, en cet instant, il a perdu la tête. Ça arrive, Joyce. Les gens sont plus ou moins désaxés, et leur entourage ne s'en rend pas compte. Alors survient un fait insignifiant, la goutte d'eau qui fait déborder le vase. On peut trouver ça assez affolant, vous savez... de se voir pris au piège dans un immeuble, sans ascenseurs, sans lumière...

– David !

– Ça peut avoir un effet désastreux, sur certaines personnes...

– David, pourquoi avez-vous parlé de sa secrétaire ?

– N'est-ce pas ce que disaient les journaux ?

– Mais vous savez qui était la secrétaire de Père, David.

– Ah oui ?

– Ah oui, ah oui !... c'est tout ce que vous savez dire ? Qu'est-ce que vous cherchez, David ? Voulez-vous donc me rendre folle ? Est-ce que le monde entier est devenu fou ? Vous savez très bien qui était sa secrétaire, et elle a menti... comme elle a toujours menti, le diable l'emporte !

Je la regardais sans rien dire. Que pouvais-je lui dire ? Certains faits me revenaient en mémoire, mais je ne retrouvais rien qui eût trait à ce jour-là, à la firme Gilcuddy & Calvin. Là, le mur tenait bon.

– Shela !

La jeune fille cracha ce nom.

– Shela ! La maîtresse de Bronson... cette putain, cette salope...

– Taisez-vous !

– Pourquoi me tairais-je, David ? Parce que vous

l'aimez ? Parce que vous aimez cette petite ordure... et que, même si je venais me traîner à vos genoux, vous me repousseriez d'un coup de pied !

– Taisez-vous, Joyce ! Vous ne savez plus ce que vous dites... taisez-vous ! Allons, calmez-vous !

Elle se tut alors, brusquement, me regarda comme si elle me voyait pour la première fois et murmura :

– David, David, David... pourquoi faut-il toujours que je me conduise si mal ?

– Mais non. Vous venez de traverser une dure épreuve.

– Mais il faut que je sache, il le faut ! s'écria-t-elle. Il le faut, David.

– Eh bien, si nous en parlions ? Vous disiez que Shela avait menti. Comment le savez-vous ?

– Elle n'a jamais tapé cette fameuse lettre... elle n'est pas entrée dans le bureau de mon père. Elle a ouvert la porte, mais elle n'est pas entrée. Elle est partie... elle a quitté l'immeuble. Et, quelques instants après son départ, un homme a franchi la porte du bureau de mon père, un homme de haute taille, âgé de trente-cinq ans environ. Cet homme a traversé les bureaux sans s'arrêter et il est parti aussi...

– Qui était-ce, Joyce ?

– Je n'en sais rien.

– Mais comment savez-vous tout ça ?

Elle respira une profonde bouffée d'air, me regarda droit dans les yeux et dit doucement, calmement :

– C'est un certain Caselle qui me l'a dit.

Une fois de plus, je gardai le silence. Je restai là, muet.

– Pourquoi ne dites-vous rien, David ?

– Que voulez-vous que je dise ?

– Vous pourriez me demander comment ce Caselle savait ce qui s'était passé. Je vais vous le dire, David. Il le savait par la standardiste, qui avait tout vu et qui le lui a raconté.

– Pourquoi n'en a-t-elle pas parlé à la police ? demandai-je avec colère. Qu'est-ce que c'est encore que ce cauchemar que vous êtes en train de bâtir, Joyce ?

– Croyez-vous que je le bâtisse, David ? Elle n'en a pas parlé à la police parce que quelqu'un lui a donné cinq mille dollars pour qu'elle n'en parle pas. Mais, par la suite, elle a pris peur... à ce point qu'elle n'a pas voulu dire à Caselle qui lui avait donné cet argent. Mais ce qu'elle a dit à Caselle, c'est le nom de l'homme qu'elle avait vu sortir du bureau de mon père, alors qu'il venait de tomber, qu'il venait de se jeter par la fenêtre ou d'être précipité dans le vide... pour enfin s'écraser sur le trottoir. Savez-vous ce que ça signifie, David ? Pouvez-vous vous imaginer ce qu'ont été ses derniers instants ? Imaginez-vous l'horreur de ce plongeon ? La terreur, la souffrance, la terrible souffrance ?

– Oui, je l'imagine très bien. Mais ça ne sert à rien de vous laisser aller ainsi, Joyce. Ce qu'il faut faire, c'est aller trouver cette standardiste et lui faire répéter...

– Non, non, non, fit-elle en secouant la tête. Non, David... non, nous n'irons pas la trouver. La police est allée chez elle ce matin, avant les obsèques. On m'a dit qu'elle est morte hier soir, après avoir pris une trop forte dose de somnifère. Voilà pourquoi vous devez m'aider, David : il faut que nous trouvions Caselle.

Que le ciel nous protège ! pensai-je. Vous ne le retrouverez jamais : il est là-bas, dans son bureau, et la poussière le recouvre lentement, et une femme, avec qui il avait trop parlé, a avalé trop de somnifère. Etait-ce tout de suite après l'entretien qu'elle a eu avec Caselle, cette pauvre malheureuse, sans nom et sans visage ? Est-on venu sonner à sa porte ? Etait-ce

Josephson, ou le rouquin, ou l'un des autres ? Combien Vincent avait-il de créatures à sa solde ? Pouvait-on jamais lui échapper ? Mais moi, j'y étais parvenu. Pour le moment, ils ignoraient même où je me trouvais. J'étais là, je causais avec Joyce, et elle me parlait de « mort ». Quelqu'un avait gêné Vincent, et ce quelqu'un était mort. Je me demandais comment ils s'y étaient pris. Comment avaient-ils pu la contraindre à avaler le poison ? Mais ils ne manquaient pas de ressources. Qui pouvait le savoir mieux que moi ?

J'étais resté longtemps silencieux. Joyce se leva. Comme sur l'impression d'un souvenir, elle se retourna vers moi pour me regarder ; il y avait, dans ses yeux, une lueur nouvelle.

– A moins que vous n'ayez pas envie de retrouver Caselle, David ?

– Que voulez-vous dire ?

– Ce que je veux dire ? Ce que je veux dire ? Pourquoi ne pas me raconter ce que vous faisiez dans l'immeuble, David ?

– Je ne peux pas.

– Vous ne voulez pas.

– Non, je ne peux pas.

– Très bien, David... Je me disais : « Il est mon ami ». Je pensais que tout s'arrangerait quand David serait là, parce que David me dirait la vérité. Jamais il ne m'est venu à l'idée que David pourrait avoir de bonnes raisons pour ne pas m'aider. Cela ne m'a même pas effleuré l'esprit...

Je me levai et cherchai à lui prendre la main. Mais elle me l'arracha. Elle me dit de ne pas la toucher, de ne pas avoir l'audace de la toucher.

– Jamais plus !... Ne me touchez plus. Et je vais vous dire ce que j'ai fait, aujourd'hui... voulez-vous le savoir, David ?

– Quand on retourne une idée assez longtemps dans sa tête, Joyce, on arrive toujours à lui faire prendre la forme qu'on veut.

– Vraiment ? Ou alors, si on la retourne assez longtemps dans sa tête elle finit par prendre la forme de la vérité. Ça s'est déjà vu, n'est-ce pas, David ? Mais j'ai assez tourné et retourné mon idée. Voyez-vous, j'ai découvert qui est Caselle. Grâce à Bronson, David. Bronson adorait mon père, David, il aurait volontiers donné sa vie pour lui. Quand je demande quelque chose à Bronson, il ne reste pas là à me regarder, comme vous le faites. Il agit, David. Il a découvert que Caselle est un détective privé, il m'a donné son numéro de téléphone, et, depuis ce matin, je sonne chez Caselle. Et, quand Caselle répondra – il finira bien par répondre ! – il me dira le nom de l'homme qui était avec mon père au moment de sa mort... ou de son meurtre.

Je la saisis par les poignets. Elle voulut m'échapper, elle se tordit, se débattit, pour s'arracher à mon étreinte, mais je tins bon. Alors, elle détourna le visage, pour ne plus me voir.

– Joyce, dis-je, Joyce, écoutez-moi !

– Vous n'avez rien à me dire que je ne connaisse.

– Je peux vous dire que je n'ai pas tué votre père. Et c'est bien à ça que vous vouliez en venir, c'est ça qui vous tracasse, c'est ça que vous insinuez. Tôt ou tard, si vous continuez ainsi, vous allez devenir folle. Est-ce que je suis un tueur, moi, Joyce ? Regardez-moi... est-ce que j'ai l'air d'un assassin ?

Elle consentit à me regarder et gémit :

– Lâchez-moi, David, je vous en prie. Vous me faites mal.

Je lui lâchai les poignets, elle se laissa tomber sur le divan et enfouit son visage dans ses mains. Je lui effleurai les cheveux du bout des doigts.

– Joyce... vous vous en souvenez, quand je suis parti pour l'armée ? Vous étiez encore une petite fille et vous m'avez dit que je serais votre chevalier, un chevalier en armure de lumière, tout comme l'était votre père. Eh bien, laissez-moi vous dire ceci, Joyce : j'aimais votre père, parce qu'il était un peu mon père, à moi aussi. Je l'aimais même plus qu'un père, Joyce, parce que je n'en ai jamais eu. Il m'avait découvert dans un orphelinat de Glasgow, il m'avait amené ici, il m'avait donné la possibilité de faire des études, d'avoir de l'instruction... J'avais pour lui plus que de l'amour. Je vénérais la trace de ses pas, Joyce, j'étais convaincu qu'il ne pouvait faire de mal, et j'en suis toujours convaincu. Joyce... vous m'entendez ?

– Je vous entends, murmura-t-elle, sans lever les yeux.

– Je ne l'ai pas assassiné, Joyce. Il y a certaines choses qui m'échappent encore, que je comprends mal, mais je vais les découvrir, je vais les comprendre, ma chérie... Et, quel que soit le résultat de mes recherches, cela ne changera rien pour ce qui concerne votre père. Je vous le promets. Je vous promets qu'il restera pour vous ce qu'il a toujours été : un ange aux ailes déployées, qui lutte pour une bonne et juste cause. C'est bien ainsi que vous l'avez toujours vu, n'est-ce pas Joyce ? C'était bien ainsi qu'il devait vous apparaître ?

Alors, elle releva la tête. A travers les larmes, ses yeux brillaient. Elle ressemblait tout à fait à la petite fille que j'avais connue il y avait si longtemps.

– C'est ainsi qu'il sera, Joyce, et rien ne viendra jamais le salir, parce que rien de ce qu'il a jamais fait ne pourrait le salir. Voulez-vous me faire confiance ?

Elle me répondit par un signe de tête. Brusquement, me vint la conscience très nette du destin étrange, cruel, qui était le sien : ce n'était qu'une petite fille, ce ne serait jamais qu'une petite fille, et elle demeurerait à jamais prisonnière de l'homme dont le portrait trônait sur la petite table ; elle restait à jamais victime de la singulière infortune qu'il avait forgée pour elle, des lourdes chaînes dont il l'avait chargée, dont il chargeait tous ceux qui passaient à sa portée – car, pour puissant que fût Vincent, sa puissance à lui était encore plus impitoyable, plus inéluctable. Vivant, j'aurais été capable de le haïr. Mais il était mort, et j'étais délivré... Elle, cependant, qu'il fût mort ou vivant, n'en serait jamais délivrée... mais cela, je ne pouvais le lui dire, pas même le lui faire entrevoir. J'aurais donné ma vie pour Joyce Calvin ; je pouvais, au moins, maintenir cet homme sur son blanc destrier, dans un paradis de lumière, et pour l'éternité...

Quelqu'un appelait :

– Joyce... Joyce, qui est là ?

Je sortis l'un de mes petits cigares. Je vis Joyce ébaucher un sourire : elle se souvenait. Moi aussi.

– Vous les fumez toujours ?

– Joyce ! répéta la voix.

Et, au son de cette voix, la jeune fille se raidit, comme si elle voulait à tout prix ne pas l'entendre. Mais la femme entra. Au premier instant je crus voir une inconnue ; mais les souvenirs me revinrent, lentement, subrepticement, et la grande inconnue blonde, assez séduisante, devint la femme de Charles Calvin. Je me rappelai tout ce que j'avais su de la femme de Charles Calvin ; le visage maquillé, pareil à un masque, déclenchait mille et une associations d'idées, et tous les gestes étaient les gestes étudiés, savants, que j'avais observés si souvent. Quant à Joyce, elle demeurait parfaitement immobile, aussi raide qu'une statue.

La femme portait son deuil sous forme de déshabillé noir sur de transparentes lingeries noires ; ses pieds étaient chaussés de mules de satin noir, un mouchoir noir flottait au bout de ses doigts. Elle faisait de la tendresse une mascarade. Je comprenais la raideur de Joyce. Moi-même, je me raidis. La femme me regarda et m'ouvrit les bras en disant :

– David... David, vous êtes venu trop tard, mais vous êtes venu.

La scène n'était pas seulement mauvaise ; elle était odieuse. La femme m'entoura de ses bras et m'embrassa, et je me contraignis à lui rendre étreinte et baiser.

– Ça a été tout bonnement terrible, David. Je ne saurais vous dire par quelles épreuves nous sommes passées !

– Je comprends très bien.

– Comment pourriez-vous comprendre, David ? Il aurait fallu que vous le voyiez... après...

– Mère ! interrompit Joyce.

La femme me regarda en se tamponnant les yeux. Joyce se leva et quitta la pièce.

– Elle est comme ça depuis que c'est arrivé, dit Frances Calvin.

– Elle n'est pas dans son état normal.

– Les obsèques ont eu lieu ce matin. Je vous y ai cherché partout. Je me disais : David viendra sûrement aux obsèques. Mais vous n'êtes pas venu.

– Je n'ai pas pu.

– Oui... je vous crois. Il était très beau, David. On fait des miracles de nos jours. Il était très beau.

Elle s'assit sur le divan.

– Venez donc vous asseoir près de moi, David.

J'obéis. Elle me prit la main.

– Nous avons eu des moments bien difficiles, David, dit-elle.

– Je n'en doute pas. Il en est toujours ainsi, en de telles circonstances.

– Si seulement ça s'était passé autrement. Mais tomber de cette hauteur...

– C'est fini, à présent, ça ne sert à rien de revivre tout ça, dis-je machinalement.

– Le maire était aux obsèques, poursuivit-elle, et le gouverneur est venu d'Albany, et...

Je me levai. Elle interrompit son verbiage de perroquet pour demander brusquement :

– Qu'y a-t-il, David ?

– Je crains d'être obligé de partir.

– Mais vous n'êtes même pas resté une minute avec moi, David !

– Il faut que je m'en aille.

– Tout comme Joyce... Allez-vous devenir comme Joyce, David ? Qu'ai-je donc fait ?

Elle s'était levée, maintenant, et me faisait face. Je la préférais ainsi, sans son vernis, les yeux étincelants.

– Que voulez-vous que je fasse... que je pleure ? Et vous, David, pourquoi ne pleurez-vous pas ? Vous auriez une meilleure raison que moi ! C'est vous qui l'avez tué !

– Taisez-vous, m'écriai-je.

– Mais, c'est vrai... n'est-ce pas, David ? C'est vrai ?

Je la giflai très fort, mais sec, et elle réagit comme l'eût fait un enfant : d'abord indignée, puis terrifiée, elle finit par fondre en larmes et retomba sur le divan, pleurant et gémissant.

– Je ne vous en veux pas... je ne vous en veux pas... Je suis contente, vous dis-je, contente. Si jamais un homme avait mérité...

– Assez ! criai-je. Ou faut-il que je vous gifle encore ?

– Allez-y donc, frappez-moi ! fit-elle d'une voix perçante. Frappez-moi, frappez-moi donc !

– Qui vous a dit que je l'avais tué, espèce d'idiote ?

– Bronson.

– Eh bien, je ne l'ai pas tué, pauvre imbécile que vous, je m'en fous. De toute façon, c'est terminé. Mais si jamais vous soufflez un mot de tout ça à vous, je m'en fous. De toute façon, c'est terminé. Mais si jamais vous soufflez un mot de tout ça à Joyce...

– A Joyce... l'adorable petite Joyce ! Et si je vous disais que votre adorable petite Joyce chérie se faisait caramboler par Bronson pendant que Charles couchait avec Shela, qu'est-ce que vous diriez, David ?

– Je dirais que vous n'êtes qu'une vieille salope, déclarai-je.

Je tournai les talons et partis. J'en avais assez.

Chapitre 19

Vincent

Ça faisait du bien de quitter cette maison. C'était agréable d'être fouaillé par le vent froid et turbulent de mars, de respirer l'air pur et frais. Cela faisait du bien.

J'allai à pied jusqu'à Madison Avenue, pour trouver un bar où je pourrais m'asseoir, boire un verre et réfléchir à la situation. Ce n'étaient pas les sujets de réflexion qui me manquaient, mais, en même temps, il n'y avait plus grand-chose à quoi réfléchir. C'était presque fini. Encore un peu de patience, et ce serait la fin, et je découvris que je me souciais assez peu de ce que serait la fin. J'étais en passe de devenir un David Stillman pareil aux autres hommes ; pourtant, je n'étais pas encore pareil à eux. Mais je ne regardais plus en arrière. Je me fichais de tout.

Il était cinq heures quand j'entrai dans un bar de Madison Avenue. Je commandai un double bourbon sec, avec de la glace, et m'efforçai d'assimiler le fait qu'il ne s'était pas écoulé tout à fait quarante-huit heures depuis le moment où, dans cet escalier obscur, j'avais flambé une allumette pour rencontrer le regard de Shela – ainsi que je le croyais, alors – pour la première fois. Il y a certains avantages à tout oublier pour naître de nouveau et découvrir quelqu'un pour la première fois, de très nets avantages. Jamais plus je ne reverrais Shela ainsi... si toutefois je devais la revoir. Je ne savais même pas si j'avais envie de la revoir.

Je bus le bourbon, mais il ne me fit aucun effet. Je me sentais toujours dans le même état, engourdi, comme assoupi. Je n'avais plus envie de rien. Je voulais en finir, et vite. Je ne voulais plus être poursuivi, traqué, canardé. Je ne voulais plus rien de tout cela.

Non que ma peur eût disparu : j'avais toujours peur... mais je savais maintenant pourquoi, et ma peur n'était plus la même. Quand on a peur, on peut prendre l'une de ces deux directions : aller vers ce qu'on redoute, ou bien le fuir, à condition, bien sûr, de savoir ce que c'est. Je crois qu'à ce moment-là, dans le bar, j'avais reconnu presque entièrement la cause de ma peur. Je connaissais mon mal et je connaissais aussi celui des autres. On peut appeler ça autrement, mais les autres noms sont faits pour des gens qui ont longuement et profondément médité sur ce genre de problème. Moi, je n'y avais songé que peu de temps, et, pour moi, ce mal s'exprimait à travers Vincent et les créatures de Vincent. C'était donc le nom que je lui donnais, à ce mal, puisqu'il possédait des hommes comme Vincent. Bientôt, j'allais essayer de tuer Vincent, à ma façon à moi, bien sommaire, bien maladroite. J'échouerais probablement, mais, si je réussissais, je ne modifierais pas sensiblement le cours des événements. Le mal n'était pas inné, dans le cas de Vincent : Vincent avait été contaminé, et d'autres avec lui, car nous étions tous pris dans le vaste filet de la mort contemporaine. La plupart d'entre nous n'en savaient rien, et moi-même, je n'en avais que vaguement conscience.

Certaines choses, pourtant, me laissaient perplexe. Mon profond respect pour Vincent, la considération que j'accordais à sa puissance mauvaise – si commune, pourtant, à notre époque –, cette puissance mauvaise qu'à mon grand étonnement il ramenait à une formule, une formule qu'il utiliserait comme une clé, comme un bout de papier magique et qui devait ouvrir, à lui et aux siens, les portes de la destruction. Ignorait-il donc que la science ne livre pas de formules magiques, que la science n'est rien d'autre que de la vérité qui attend d'être découverte par les hommes ? Que tout ce que je possédais n'était qu'un pont, et qu'on ne peut transcrire un pont sur un bout de papier, on ne peut qu'indiquer la tête de ce pont et son aboutissement.

Mais d'où venait mon étonnement ? Je me le demandais. Charles Calvin, lui aussi, avait ignoré cela, et de quel prix avait-il payé son ignorance ? Ces nouveaux surhommes étaient pareils à des enfants, et, si je pouvais m'en souvenir, m'en souvenir tout le temps, j'aurais la force de mener à bien ce qui restait à accomplir. Ou, du moins, je disposerais de toute la force qui m'était dévolue. Et je garderais la foi en la force véritable, celle de mon camp – le camp auquel je n'appartenais que depuis quelques jours – et je saurais qu'elle existait quelque part. Il fallait bien qu'elle existât quelque part, là où les justes mettaient en commun leur formidable puissance pour lutter contre le mal. Il le fallait, et il fallait que j'en fusse persuadé, parce que j'étais seul et demeurerais seul jusqu'à la fin. Personne n'écrirait de ballade dont je serais le héros. Nul ne garderait même le souvenir du bref et terrible cauchemar qui aurait représenté ma contribution à un vaste combat que je pressentais seulement.

Ainsi pensait l'homme qui était là, un homme malade, un homme si débile que son esprit avait choisi l'oubli, quand les souvenirs étaient devenus trop cruels. Je cherchais dans un peu d'alcool un soulagement à ma souffrance, j'essayais de trouver du courage dans du bourbon versé sur de la glace. Je restais là, à me souvenir, à lier entre eux les événements. Certains se refusaient à se laisser lier. Pourquoi, là-bas, dans le Bronx, Vincent avait-il été sur le point de me livrer à la police ? Croyait-il que Joyce détenait la « formule », le sésame ? Ou bien était-ce là un coup de notre rouquin ? Me haïssait-il au point d'outrepasser la volonté de Vincent, ou bien ignorait-il ses plans ? Mais, quelle que fût la réponse, elle devait, par essence, être simple, car ils étaient tous faits de haine, et leur haine devait aussi bien se manifester parmi eux que contre les gens de mon camp. Les réponses me seraient données par fragments, à mesure que me reviendrait la mémoire. Tôt ou tard, quelqu'un ouvrirait la porte du bureau de Caselle, pénétrerait dans le misérable bureau où gisait son corps, le corps du détective privé au visage de boy-scout. Les réponses viendraient, mais elles coûteraient horriblement cher. Et, un jour, nous en tirerons une leçon, nous qui, toujours, avons calculé en dollars et en *cents,* plutôt qu'en vies humaines.

Pourquoi s'étonner alors que j'avais oublié ma condition de pauvre bougre trompé et humilié pour me rappeler seulement que j'étais expert commercial calculant les prix de revient chez Garrison & Cie ? Garrison & Cie trafiquait sur les vies humaines, commerce parfaitement légal à notre époque, et moi, je cherchais les moyens de réduire leurs frais.

Ainsi allaient mes pensées, et tout devenait plus clair. Je vidai mon verre.

– Adieu, murmurai-je. Adieu, Caselle, adieu, Joyce... adieu, Shela, mon amour.

J'étais un peu ivre et tout épaté de mon propre courage. Le courage était un sentiment nouveau pour moi. J'étais fier de mon courage ; un peu triste aussi.

Je payai mes consommations, sortis et gagnai la 77e Rue. Il faisait plus froid, à présent, et, vêtu comme je l'étais, en veston, sans chapeau ni pardessus, je me sentis glacé. Il n'allait plus pleuvoir, maintenant. Le vent avait chassé la pluie ; çà et là, les nuages noirs avaient crevé pour découvrir des échappées de ciel d'un bleu lumineux, d'un violet profond, et, au couchant, une somptueuse bannière de rouges et de jaunes. Je ne sais trop pourquoi, ce spectacle me rappela la rencontre dans l'escalier. Je fumai alors une pipe – je ne l'avais pas reprise depuis ; je la cherchai au fond de ma poche et trouvai le pistolet de Shela. Je n'en fus pas rassuré. Je n'avais que faire d'une arme.

La maison se dressait dans la 77e Rue, entre la Cinquième Avenue et Madison Avenue. Tout en marchant dans cette direction, je pensai à la première visite que j'y avais faite. C'était Charles Calvin qui m'avait amené là, pour dîner, jeune garçon frais émoulu de l'Université : brillant sujet rêvant aux merveilles et à la gloire de la science à laquelle je m'étais consacré, pour tirer d'un monde inanimé de nouvelles richesses pour l'humanité ; l'heureux protégé d'un homme grand et bon, qui ressemblait à Lincoln et qui exprimait tant de nobles et exaltantes généralités auxquelles la musique de sa voix profonde donnait un prestige et une vie nouvelle. Je me rappelais combien j'avais d'abord été impressionné par cette façade Renaissance et, une fois à l'intérieur, par la somptuosité du bois, de la pierre, du marbre, des tapisseries ; combien j'avais trouvé étrange, et romanesque aussi, que, dans cette maison, vécût en solitaire Bronson Gilcuddy ; cet homme, à qui Charles Calvin témoignait tant de tendresse et d'affection, accomplissait là son destin : le seigneur et maître de ce palais avait été naguère, comme moi, un enfant de l'Assistance publique, à Glasgow.

Aujourd'hui, je revenais seul dans cette maison. Douze années s'étaient écoulées. C'était maintenant le domicile de Vincent : je ne pouvais plus songer à lui que sous son aspect de Vincent. Ce n'était pas pour dîner que je revenais, mais pour une confrontation très différente avec Vincent, qui allait me réserver un tout autre accueil.

J'attendis un instant, dehors. Comme la soirée était devenue belle, claire, rafraîchie par le vent ! Les nuages, maintenant, s'étaient déchirés sur toute l'étendue du ciel, et le soleil, qui se couchait de l'autre côté du parc, les transformait en panaches de contes de fées, mauves, turquoise, rubis et violets. L'air avait la fraîche et pénétrante senteur qu'apporte le vent lavé par la pluie, le monde tout entier vibrait de vie, de l'énergie, de la résolution de la vie.

« Je peux continuer mon chemin, me disais-je. Rien ne me force à entrer. Je peux passer mon chemin, m'éloigner, me débarrasser de cette horreur, la laisser à jamais derrière moi. » C'est ainsi que je pensais, mais j'étais incapable d'aller plus loin.

J'entrai. La porte vitrée qui donnait sur le vestibule était ouverte ; un bouton de cuivre commandait l'ouverture de la grande porte intérieure en noyer. J'appuyai sur le bouton, enfonçai ma main dans la poche où se trouvait le pistolet de Shela, et attendis. Une ou deux minutes s'écoulèrent. Puis Josephson ouvrit la porte.

Tout d'abord, je le pris pour un maître d'hôtel : il en avait l'allure, et c'était la première fois, depuis trois ans, que je le voyais vraiment – dans le tunnel, je l'avais à peine aperçu. Il était plus âgé que je ne l'avais cru, plus grand, plus maigre. Il portait de longs favoris, comme un Espagnol de la vieille école, et ses traits accentués, ascétiques, renforçaient encore cette impression.

– Mais c'est David ! fit-il aimablement. Par exemple, vous ici ! Vous vous épargnez bien des tracas, vous savez. J'ai toujours dit que David était un chic type.

Je sortis le pistolet et le lui enfonçai dans le ventre.

– Oui, c'est David.

– Le pistolet de Shela, hein ? fit-il sans se troubler. Vous n'êtes pas bien habile avec les armes à feu. A votre place, David, je rangerais ça.

– Retournez-vous, Josephson !

– Vous êtes en colère, hein, David ?

– Retournez-vous, nom de nom, ou je vous abats comme un chien !

– Et sanguinaire, en plus ! Il ne faut pas parler comme ça, David !

Mais il se retourna. Je refermai la porte derrière moi et le poussai de mon arme, à travers le vaste foyer, dallé de marbre, éclairé par le monumental lustre de cristal avec, au fond, l'escalier de marbre et de cuivre à double révolution, bordé de statues dans leurs niches, orné de tapisseries, et qui préfigurait toute la grotesque splendeur de musée, au milieu de laquelle vivait Vincent, sans parents ni amis, seul.

Nous étions donc entrés, nous nous étions avancés vers cet escalier, quand quelqu'un, derrière moi, à ma gauche, prononça :

– Lâche ça !

Josephson ne bougea pas. Moi non plus. La voix répéta :

– Lâche ça !

Je tournai la tête. C'était le rouquin. Il braquait sur moi un colt 45. Je baissai le bras. Josephson se retourna vivement et m'envoya son poing en pleine figure. Je reculai en titubant, cherchai à reprendre mon équilibre, mais glissai sur les dalles de marbre. Mon arme m'échappa, je tombai sur le genou, et le rouquin, dans une glissade, me plaça un coup de pied au creux de l'estomac. Josephson de son côté me frappa à la nuque et je m'étalai à plat ventre. Le rouquin balança, de nouveau, son pied, et m'ouvrit la joue gauche, mais je sentais moins la souffrance que la fraîcheur lisse du marbre, contre lequel je pressais mon nez, ma bouche, mes yeux. J'allais mourir. J'allais mourir de la mort qu'aurait connue le rouquin, si Caselle et moi avions parachevé notre besogne. Je ne ressentais ni haine, ni crainte, ni rancœur. J'étais simplement las, saturé de souffrance, j'espérais que ça ne durerait plus trop longtemps et que ça ne ferait pas trop mal.

Depuis quarante-huit heures, je fuyais cette violence. A présent, je m'en moquais. C'était une maladie... un mal abominable, universel.

L'un des deux hommes me lança un coup de pied dans les côtes, et c'est à peine si je le sentis. La souffrance venait par vagues violentes, puis elle s'atténuait, pour revenir tout aussi violente.

Je sentis qu'on me remettait debout, à grand-peine. Je n'avais pas bien évalué la force du rouquin. Il me prit par-derrière, aux aisselles, mais il était moins grand que moi, et je m'affaissai entre ses mains, tombai presque à genoux, pendant que Josephson me giflait à la volée, tantôt du dos, tantôt du plat de la main. Ce faisant, il me souriait ; ses lèvres retroussées découvraient ses gencives.

Un nuage de grisaille s'amassait autour de moi. Une voix perça le nuage. C'était une voix grave, profonde, vibrante, assurée. La voix dit :

– Assez !

On ne pouvait qu'obéir à cette voix. Josephson

s'arrêta, s'écarta. Le nuage miroita, s'ouvrit. Vincent était là, gigantesque, impérieux, debout entre les deux volées de l'escalier, vêtu de tweed gris, son grand visage carré assombri par la fureur.

– Foutus imbéciles ! dit-il.

Alors, en le regardant, je me souvins. Oui, maintenant, je me souvenais de tout.

Chapitre 20

L'ange déchu

Vincent me témoignait de la bonté. C'était caractéristique : on est toujours pénétré de reconnaissance devant tant de bonté. Une simple gentillesse de sa part, un mot, une inflexion de voix donnaient envie de se prosterner devant Vincent, parce qu'il était bon pour vous. Vincent me témoignait donc de la bonté et je lui en étais reconnaissant. La reconnaissance était bien l'attitude qui convenait : j'avais eu l'outrecuidance de me dresser contre Vincent, et voilà qu'au lieu de se mettre en colère, il se montrait bienveillant.

Il me tendit un verre de cognac, et je le vidai d'un trait. Le feu qui me coula dans le gosier secoua ma torpeur et réveilla ma souffrance. La coupure de ma joue brûlait comme un fer rouge ; le nez me faisait souffrir et j'avais peine à respirer ; j'avais mal, aussi, au côté, au ventre, aux jambes, à la tête, et je me sentais le visage humide, car je saignais du nez, le sang suintait de la blessure de ma joue, et aux commissures de mes lèvres.

– Vous avez toujours eu un faible pour le cognac, n'est-ce pas, David ?

Les petites choses. Vincent avait la mémoire des petites choses. Celle-ci, pourtant, n'était pas absolument exacte : j'avais bien eu un faible pour le cognac, mais c'était avant la guerre. En ce temps-là, j'aimais siroter du cognac tout en travaillant, jamais assez pour en ressentir vraiment les effets, mais à petits coups, pour tenir mon esprit en éveil au cours de la soirée. Mais à l'armée, l'habitude m'avait passé et n'était jamais revenue.

Je me trouvais maintenant dans le bureau de Vincent, assis dans un grand fauteuil de cuir, près de la cheminée. Lui, debout devant sa table de travail, m'observait. Grand et fort, il avait belle allure, dans son costume de tweed, et semblait parfaitement à sa place dans cette belle pièce à l'ancienne mode, où rien n'avait changé depuis ma dernière visite, des années auparavant. Au centre, il y avait le grand bureau de chêne à deux places, avec ses deux fauteuils à pivot. De chaque côté de la pièce, un vaste divan offrait ses coussins de cuir d'un rouge mat, et le parquet était recouvert d'une variété de tapis qui mettaient en valeur la magnificence des boiseries de chêne. Les bibliothèques encadraient la cheminée, et l'on y trouvait le moderne et l'ancien, car les goûts de Vincent étaient fort éclectiques – il ne montrait aucune étroitesse d'esprit dans aucun domaine. Les murs s'ornaient de belles gravures, les tables et les fauteuils étaient tous d'époque, et l'homme large et massif, dans son coûteux costume anglais, était bien à sa place dans ce décor.

J'étais donc arrivé au but, en fin de compte, et Vincent m'observait d'un regard curieux, mais avec une lueur de reproche.

– Ils vous ont corrigé, hein, David ? Mais, si j'ai bien compris, vous aviez déjà donné une belle raclée à Ginny, et ils vous en voulaient beaucoup. Ginny, c'est un animal, David. Il réagit comme un animal. On ne peut pas lui en faire grief, n'est-ce pas ? Je pense qu'ils vous auraient tué, si je n'étais arrivé au bon moment. Josephson est un personnage de Donatien de Sade ; j'ai du mal à le comprendre et, la plupart du temps, je me sens mal à l'aise en sa présence, mais il est utile et fort intelligent, et sa vie sexuelle ne me regarde en rien. Quoi qu'il en soit, la violence est un trait nouveau, chez vous, David... je dois avouer que vous m'avez surpris. Je voulais simplement vous faire venir ici, David. Je vous aime bien, vous savez. L'idée que vous étiez en train d'errer à travers la ville, sans pensée ni souvenir, m'était insupportable.

Je retrouvais la notion des choses. A mesure que s'intensifiait la souffrance, mon cerveau redevenait clair. Je parvins à articuler :

– Comment le saviez-vous ?

C'étaient les premiers mots que je prononçais depuis qu'ils m'étaient tombés dessus.

— Et vous, David, comment expliquez-vous cela ?

Il prit dans un tiroir du bureau un étui de petits cigares, ceux que je fumais. Les petites choses. Les petites et les grandes.

– Vous en voulez un ? demanda-t-il.

J'acquiesçai d'un signe. Il s'approcha, me mit un cigare entre les lèvres et l'alluma. Il l'alluma à l'aide d'un gros briquet en or que j'avais déjà vu quelque part.

– C'était celui du pauvre Charles, déclara-t-il. Je le lui avais donné il y a douze ans... vous vous rappelez, David ? Peu de temps après que vous étiez venu dîner ici. Le briquet était toujours sur son bureau, mais, quand je l'ai ramassé, il se trouvait par terre, près de la fenêtre ouverte... Je parle de l'autre soir, du soir où il est mort.

Il retourna vers son bureau, posa le briquet. Je fumais mon cigare avec plaisir. Vincent se montrait bon pour moi, mais je n'éprouvais plus le désir de me prosterner. La peur reprenait le dessus. Vincent éveillait la reconnaissance. Il éveillait aussi la peur.

Appuyé maintenant à son bureau, il croisa un pied

sur l'autre et le timbre de sa voix changea imperceptiblement.

– Vous venez de demander comment j'étais au courant de votre amnésie, David ? Ce n'était pas bien difficile... vous en aviez parlé à Shela, vous avez consulté le Dr Broden. Ce qui est plus difficile, c'est de comprendre la raison de cette amnésie. L'amnésie, David, est un désir d'oublier, un besoin d'oublier. Qu'aviez-vous donc à oublier, David ?

Je ne lui répondis pas. Je ne pense d'ailleurs pas qu'il attendait une réponse. Il m'observa un instant encore. Après quoi, il alluma une cigarette, se dirigea vers le fauteuil qui faisait face au mien, de l'autre côté de la chambre, s'y laissa tomber et fuma, le corps immobile, les yeux fixés sur les flammes. Je pris mon mouchoir pour essuyer le sang qui me couvrait le visage. Vincent ne semblait pas faire attention à moi. Enfin, sans détourner le regard du feu, il demanda :

– Pourquoi êtes-vous venu, David ?

– J'avais besoin de découvrir quelque chose. Une chose que j'ignorais. Que je ne parvenais pas à me rappeler.

– Et vous vous la rappelez, maintenant ?

– Oui, maintenant, je me la rappelle.

– Vous n'aviez donc pas peur ? Depuis deux jours, vous échappez à la mort de justesse... par la grâce de Dieu ou du diable, je ne sais !

Brusquement sa voix se durcit. Elle se chargea de haine. Elle devint haine.

– Et vous l'avez bien mérité, le diable vous emporte !

Mais il se maîtrisa, maîtrisa la violence de sa voix, et poursuivit :

– Mais je n'avais pas besoin de vous tuer... Je me fous comme d'une guigne que vous mouriez ou que vous viviez ! Pourquoi êtes-vous venu ?

– Je vous l'ai dit. J'avais peur. Tout m'était indifférent.

– Et maintenant ? demanda-t-il en se tournant soudain vers moi. Avez-vous envie de sortir vivant d'ici ?

– Oui, murmurai-je.

– Alors, donnez-moi cette formule et allez vous faire pendre ailleurs !

– Et vos tueurs, quand me rattraperont-ils ?... A deux cents mètres d'ici ? Ou alors ce soir ? Demain ?

– Vous avez ma parole.

Je secouai la tête.

– Je vous le demande encore une fois, David.

– Je ne l'ai pas.

– Vous n'êtes qu'un fieffé menteur, David.

– Je ne l'ai pas, répétai-je d'un ton uni. Vous m'entendez, Vincent : je ne l'ai pas.

J'ai l'impression qu'il me crut. En tout cas, il réfléchit. Il me regarda, pensa un bon moment, puis il dit :

– Vous l'avez dans votre tête. Asseyez-vous au bureau et écrivez-la.

– Non, dis-je. Non... il n'en est pas question, Vincent.

J'avais terriblement peur, maintenant.

Cette fois, il ne se domina plus, il donna libre cours à sa rage. Il bondit hors de son fauteuil, m'empoigna aux revers, me redressa de force. Je n'avais jamais su à quel point il pouvait être fort. Il me secouait comme un chien, et, quand il parla, je sentis sur mon visage la chaleur de son souffle, et les éclaboussures de sa salive.

– Petit salaud ! rugit-il. Misérable petite ordure ! Je voulais que tu meures... mais d'une mort rapide, facile ! Ce n'est pas cette mort-là que tu lui as infligée. Ces quelques dernières secondes, ce plongeon dans le vide, je te l'aurais épargné ! C'était le meilleur ami que j'aie jamais eu... le meilleur que tu aies jamais eu, toi aussi ! Il t'avait tiré du ruisseau... du ruisseau, et c'est comme ça que tu l'as récompensé ! Tu l'as assassiné ! Misérable !

– Bronson ! cria-t-elle.

Ni lui ni moi ne l'avions vue entrer. Il me tenait d'une main et me frappait de l'autre. En entendant sa voix, il me repoussa violemment dans le fauteuil.

– Bronson ! cria-t-elle encore.

Il ne lui accorda pas un regard. Il se rassit près du feu, et je vis qu'il tremblait de la tête aux pieds. Je me tournai alors vers Shela. Debout près du bureau, elle me parut plus belle que jamais.

Je la regardai, et puis, je pris conscience de mon visage sanglant et tuméfié. Alors, je me détournai, je baissai la tête. Je n'essayais pas de penser. Je n'en étais plus capable. Ce que je dis, je le dis parce que je voulais qu'elle l'entende. Pas Vincent. Avec Vincent, tout était réglé, toutes les conclusions étaient tirées, et il en était déjà ainsi quand j'avais franchi le seuil de sa maison. Si elle n'était pas arrivée, je n'aurais rien dit. Peu m'importait ce que croyait Vincent. Mais je ne parvenais pas à comprendre pourquoi j'attachais une telle importance aux sentiments de cette femme.

– Je ne l'ai pas tué, déclarai-je.

Vincent ne me jeta pas même un regard. Ses yeux étaient de nouveau fixés sur le feu.

– Je ne l'ai pas tué. Pour moi, il était pur. A mes yeux, il était comme un messager du ciel. Il ne pouvait avoir une mauvaise pensée, commettre une mauvaise action. Il était pur. J'aurais donné ma vie pour lui, tellement je croyais en lui. Ce qu'il avait fait pour moi, je ne pouvais le lui rendre ; alors, je voulais m'en acquitter avec ma vie même. C'était ce qu'on éprouvait avec lui : tous ceux qui le touchaient de près ou de loin devenaient ses fidèles, et, quand le contact était assez étroit, ils devenaient ses esclaves. On n'avait plus besoin de voir au-delà de son visage, d'écouter autre chose que sa voix. Quand il m'a envoyé en Angleterre, pour travailler sur ce gaz, ce gaz toxique qui devait coûter moins cher et être plus efficace que la bombe atomique, je l'ai cru. Je croyais en lui. Je croyais qu'avec cette arme entre les mains, il deviendrait l'envoyé de Dieu sur terre, pour abolir à jamais la guerre et le massacre... à jamais. Pensez-vous que j'aurais travaillé pendant trois ans avec un tel acharnement, sans prendre le temps de vivre, de rire, de chanter, trois ans dans un laboratoire, à besogner seize heures par jour, jour après jour... pensez-vous que j'aurais travaillé avec cet acharnement, si je n'avais pas cru en lui ? Je devins son chevalier vassal. Je portais, comme lui, une armure de lumière et, pendant trois ans, j'ai vécu de ce rêve. Mais, en trois ans, j'ai eu le temps de réfléchir, aussi. Pendant ces trois années, l'univers poursuivait sa course, et l'histoire avec lui... Les armes étaient toujours plus puissantes, toujours plus efficaces, et celle sur laquelle je travaillais avait pris des proportions monstrueuses. J'ai donc fabriqué le gaz et je lui ai rapporté la formule, non parce que cette formule était un secret magique, mais comme gage de reconnaissance pour sa bonté, en hommage à sa grandeur, parce que je continuais à croire en lui, parce que j'étais convaincu que je saurais lui faire comprendre que là n'était pas la solution, qu'il fallait détruire la formule. Je ne suis pas un tueur, mais chaque kilomètre que je parcourais avec cette formule en poche renforçait mon sentiment d'être un assassin.

Je me tus pour regarder de nouveau Shela. Appuyée au bureau, elle ne me quittait pas des yeux... mais Vincent, lui demeurait parfaitement immobile.

– Ce jour-là, je suis venu le trouver à son bureau. repris-je. Je suis arrivé à deux heures et demie, et j'avais la formule en poche. Vous étiez au courant de ma visite, Vincent, mais vous vous êtes arrangé pour qu'il me reçût seul à seul. Il fallait qu'il fût seul. Il fallait que personne ne vînt nous déranger. Charles Calvin devait me parler. Je ne pourrais rien lui refuser. Il me parlerait, il ferait de moi un associé dans une affaire de gaz toxique d'un milliard de dollars. Et je verrais la situation sous son vrai jour. Je comprendrais que, si nous ne mettons pas le gaz sur le marché, d'autres le feront à notre place. Je comprendrais de quel puéril idéalisme je faisais preuve en souhaitant abolir la guerre et proposer autre chose à la place. Il m'a donc parlé. Il m'a donné une leçon sur le calcul de prix de revient. Il connaissait tout cela sur le bout des doigts... le prix minimum de la destruction de la vie humaine. Si on considérait le prix de revient, en effet, ce gaz battait la bombe atomique à plate couture. Pendant deux heures et demie, il m'a parlé. Il a utilisé tous les sortilèges, tous les trucs, toutes les attitudes... mais, au cours de ces deux heures et demie, l'ange est tombé. A ce moment-là, pas après. En fait, il ne comprenait pas pourquoi je ne me laissais pas convaincre. Il était persuadé que son système était le meilleur ; il ne voulait pas connaître le mien. Il suffisait de voir à quel point ses méthodes lui avaient réussi. Il suffisait de regarder Charles Calvin. Existait-il, dans toute l'Amérique, quelqu'un qui eût un mot à dire contre Charles Calvin ? Mais il a échoué... il a échoué, Vincent. J'aurais donné ma vie pour lui. Mais il me demandait davantage. Il est allé jusqu'à me donner une leçon de choses. Il m'a appelé auprès de lui... la voix était la même, l'homme n'avait pas changé, et je crois qu'alors encore, j'aurais pu volontiers sauter par cette fenêtre, si ma mort avait pu lui être utile. Mais ce n'était pas pour ça qu'il m'avait appelé. C'était pour regarder les passants, pour les regarder du vingt-deuxième étage. Ce n'étaient que des petits points noirs, et nous, nous étions des géants. En bas, il y avait les fourmis, des fourmis, sans plus. On foule la terre, et, si on écrase un univers de fourmis, on ne s'arrête pas pour autant. On poursuit sa route. Voilà pourquoi il avait ouvert la fenêtre : pour me donner une leçon de choses. Il n'en fallait pas tant. C'est, sans doute, à ce moment que les lumières se sont éteintes, mais nous ne nous en sommes pas aperçus. Il a dû se rendre compte que tous ses discours ne servaient à rien. La formule était restée sur son bureau, mais j'étais placé plus près du bureau que lui. J'ai saisi le papier en même temps que le briquet. L'instant d'après, la formule brûlait et moi je m'efforçais d'écarter Calvin. Mais, subitement, il est devenu comme fou. Il m'a repoussé contre la fenêtre ouverte, j'ai tendu le bras au-dessus du vide, en brandissant le papier enflammé. Il s'est penché pour essayer de le rattraper... et il est tombé. J'ai lâché alors le papier, qui est descendu lentement à sa suite, sans cesser de brûler. Et moi, je suis resté là à le regarder tomber... tomber...

J'étais en train de revivre toute la scène. J'enfouis mon visage dans mes mains, mais les images ne s'effaçaient pas. Je revivais la scène. En tombant, il tournoyait et je l'entendais hurler. Je ne pouvais me défaire de ce souvenir.

– Il n'avait pas le bon système, dit doucement Vincent.

Il parlait presque avec tristesse.

– Moi, j'ai la bonne manière. Vous allez écrire cette formule, David.

– Non.

– Je crois que si, dit Vincent.

Il se leva, mais n'avança pas.

– Je crois que si, David, répéta-t-il. J'en ai assez de vous, David. J'en ai eu assez de vous, depuis notre première rencontre. Vous me déplaisez, David, et je crois mieux savoir que ce pauvre Charles comment on doit s'y prendre avec vous. Shela, poursuivit-il, il y a un pistolet dans le tiroir du bureau, là, tout de suite à votre droite. Voulez-vous le prendre, je vous prie, et me le donner ?

Elle ne m'avait pas quitté des yeux. Elle tendit le bras, ouvrit le tiroir, y prit le revolver, mais sans détourner son regard du mien.

– Donnez-le-moi, Shela.

Elle ne bougeait toujours pas.

– Donnez-le-moi !

Elle parut alors, pour la première fois, s'apercevoir qu'elle tenait le pistolet. Elle y jeta un coup d'œil, ramena son regard sur Vincent.

– Donnez-moi ça, Shela ! ordonna-t-il.

Il fit un pas vers le bureau, mais elle hocha la tête et lui dit de s'arrêter.

— Shela, ne faites pas la sotte !

Il touchait maintenant le bureau. Brusquement, il projeta la main en avant, et, au même instant, elle tira. Il s'écroula en travers du bureau, sa main tendue griffa la surface lisse du meuble. Et il ne bougea plus.

Shela ne bougeait pas non plus. Elle était très pâle. Elle restait là, le pistolet à la main, figée, muette... Je me levai. Ce simple mouvement me donna le vertige, tant j'avais la tête douloureuse, et, au même moment, Josephson et le rouquin entrèrent précipitamment dans la pièce. Ils s'arrêtèrent net en voyant Shela. Puis le rouquin s'élança pour se saisir de son arme.

– N'en faites rien, dit Shela.

Elle parlait d'une voix sans timbre, sans vie, sans espoir non plus.

– N'en faites rien, Ginny, ou je vous tue aussi sûr que Dieu existe. Il est mort... vous ne le voyez pas ? Vous ne pensez pas que le massacre a assez duré ?

Il ne tira pas son arme. Il s'immobilisa aux côtés de Josephson. Celui-ci nous considérait calmement, et c'est avec le même calme qu'il regardait le corps de Vincent.

– Il est mort. C'est terminé, dit Shela.

– Quelles sont vos intentions ? demanda Josephson.

– Nous partons. N'essayez pas de nous retenir. C'est inutile. Tous est fini, maintenant. Vous avez la maison et tout ce qu'elle contient.

– Et qui va payer ? fit Josephson, avec un geste du menton vers Vincent.

– Je n'en sais rien, répondit Shela, et je m'en fous.

– Parfait... allez-vous-en, dit Josephson avec calme.

Shela me prit par le bras et nous passâmes devant les deux hommes. Dans le vestibule, elle posa le pistolet sur une petite table. Et nous sortîmes. Dehors, il faisait nuit, il faisait froid. Shela se serra contre moi en frissonnant.

– Nous sommes de la même race tous les deux, David.

Nous avancions dans la nuit. Enfin, je lui demandai :

– Où allons-nous, Shela ?

– Où que nous allions, nous n'oublierons jamais que je l'ai tué, David.

– Il a abattu tout ce qui se mettait en travers de

son chemin... tout ce qui faisait obstacle à son ambition. Vous vous rappelez Joe Turtle ?

– Je me le rappelle.

– Nous partirons, Shela. Un jour, nous oublierons.

Mais, à cela, elle ne répondit rien. Elle se contenta d'étreindre mon bras plus fort et de se presser plus étroitement contre moi, tandis que nous continuions notre route à travers la nuit.

Table

RIVAGES/NOIR

1. Jim Thompson : *Liberté sous condition*
2. Charles Williams : *La Fille des collines*
3. Jonathan Latimer : *Gardénia rouge*
4. Joseph Hansen : *Par qui la mort arrive*
5. J. Van de Wetering : *Comme un rat mort*
6. Tony Hillerman : *Là où dansent les morts*
7. John P. Marquand : *Merci, Mister Moto*
8. John P. Marquand : *Bien joué, Mister Moto*
9. David Goodis : *La Blonde au coin de la rue*
10. Mildred Davis : *Dark Place*
11. Joan Aiken : *Mort un dimanche de pluie*
12. Jim Thompson : *Un nid de crotales*
13. Harry Whittington : *Des feux qui détruisent*
14. Stanley Ellin : *La Corrida des pendus*
15. William Irish : *Manhattan Love Song*
16. Tony Hillerman : *Le Vent sombre*
17. Hugues Pagan : *Les Eaux mortes*
18. John P. Marquand : *Mister Moto est désolé*
19. Donald Westlake : *Drôles de frères*
20. Jonathan Latimer : *Noir comme un souvenir*
21. John D. Mac Donald : *Réponse mortelle*
22. Jim Thompson : *Sang mêlé*
23. William McIlvanney : *Les Papiers de Tony Veitch*
24. William McIlvanney : *Laidlaw*
25. Diana Ramsay : *Approche des ténèbres*
26. Donald Westlake : *Levine*
27. James Ellroy : *Lune sanglante*
28. Harry Whittington : *Le diable a des ailes*
29. John D. Mac Donald : *Un temps pour mourir*
30. J. Van de Wetering : *Sale temps*
31. James Ellroy : *A cause de la nuit*
32. Jim Thompson : *Nuit de fureur*
33. J. Van de Wetering : *L'Autre Fils de Dieu*
34. J. Van de Wetering : *Le Babouin blond*
35. Tony Hillerman : *La Voie du fantôme*
36. W.R. Burnett : *Romelle*
37. David Goodis : *Beauté bleue*
38. Diana Ramsay : *Est-ce un meurtre ?*
39. Jim Thompson : *A deux pas du ciel*
40. James Ellroy : *La Colline aux suicidés*

41. Richard Stark : *La Demoiselle*
42. J. Van de Wetering : *Inspecteur Saito*
43. J. Van de Wetering : *Le Massacre du Maine*
44. Joseph Hansen : *Le petit chien riait*
45. John D. Mac Donald : *Un cadavre dans ses rêves*
46. Peter Corris : *La Plage vide*
47. Jim Thompson : *Rage noire*
48. Bill Pronzini : *Hidden Valley*
49. Joseph Hansen : *Un pied dans la tombe*
50. William Irish : *Valse dans les ténèbres*
51. John D. Mac Donald : *Le Combat pour l'île*
52. Jim Thompson : *La mort viendra, petite*
53. J. Van de Wetering : *Un vautour dans la ville*
54. James Ellroy : *Brown's Requiem*
55. Jim Thompson : *Les Alcooliques*
56. W.R. Burnett : *King Cole*
57. Peter Corris : *Des morts dans l'âme*
58. Jim Thompson : *Les Arnaqueurs*
59. J. Van de Wetering : *Mort d'un colporteur*
60. W.R. Burnett : *Fin de parcours*
61. Tony Hillerman : *Femme qui écoute*
62. Kinky Friedman : *Meurtre à Greenwich Village*
63. Jim Thompson : *Vaurien*
64. Robin Cook : *Cauchemar dans la rue*
65. Peter Corris : *Chair blanche*
66. David Goodis : *Rue Barbare*
67. David Goodis : *Retour à la vie*
68. Barry Gifford : *Port Tropique*
69. J. Van de Wetering : *Le Chat du sergent*
70. Joseph Hansen : *Obédience*
71. Roger Simon : *Le Clown blanc*
72. Robert Edmond Alter : *Attractions meurtres*
73. Charles Williams : *Go Home Stranger*
74. John D. Mac Donald : *L'Héritage de la haine*
75. David Goodis : *Obsession*
76. Joseph Hansen : *Le Noyé d'Arena Blanca*
77. Jim Thompson : *Une combine en or*
78. Bill Pronzini : *La nuit hurle*
79. Joseph Hansen : *Pente douce*
80. Peter Corris : *Le Garçon merveilleux*
81. J. Van de Wetering : *Cash-cash millions*
82. Charles Williams : *Et la mer profonde et bleue*
83. Jim Thompson : *Le Texas par la queue*

84. Jim Nisbet : *Les damnés ne meurent jamais*
85. Howard Fast : *Sylvia*
86. Charles Willeford : *Une fille facile*
87. John P. Marquand : *Rira bien, Mister Moto*
88. Chester Himes : *Qu'on lui jette la première pierre*
89. Dolores Hitchens : *La Victime expiatoire*
90. William McIlvanney : *Big Man*
91. Masako Togawa : *Le Baiser de feu*
92. James Crumley : *Putes*
93. Geoffrey Homes : *Pendez-moi haut et court*
94. Geoffrey Homes : *La Rue de la Femme qui pleure*
95. George Chesbro : *Une affaire de sorciers*
96. Tony Hillerman : *Porteurs-de-peau*
97. James Ellroy : *Clandestin*
98. Tony Hillerman : *La Voie de l'Ennemi*
99. Charles Willeford : *Hérésie*
100. James Ellroy : *Le Dahlia noir*
101. J. de Wetering : *Le Chasseur de papillons*
102. Peter Corris : *Héroïne Annie*
103. Jim Nisbet : *Injection mortelle*
104. Joseph Hansen : *Le Garçon enterré ce matin*
105. Helen McCloy : *La Somnambule*
106. Howard Fast : *L'Ange déchu*

RIVAGES/MYSTERE

1. Rex Stout : *Le Secret de la bande élastique*
2. William Kotzwinkle : *Fata Morgana*
3. Rex Stout : *La Cassette rouge*
4. John P. Marquand : *A votre tour, Mister Moto*
5. John Dickson Carr : *En dépit du tonnerre*
6. Rex Stout : *Meurtre au vestiaire*
7. Josephine Tey : *Le plus beau des anges*

Achevé d'imprimer le 15 février 1991
sur les presses de l'Imprimerie «La Source d'Or»
63200 Marsat
Dépôt légal Février 1991
Imprimeur N° 3893